ティク・ナット・ハン詩集

私を本当の名前で呼んでください

島田啓介 訳

野草社

ティク・ナット・ハン詩集　私を本当の名前で呼んでください　目次

俗世の章

迹門

◎じゃくもん……………………13

涅槃の章

本門◎ほんもん

Call me by my true names: the collected poems of
Thich Nhat Hanh, Parallax Press
by Thich Nhat Hanh

Japanese translation rights arranged with
Cecile B Literary Agency
through Japan UNI Agency, Inc., Tokyo.

俗世に深く触れれば
涅槃に自らを見いだすことができる
涅槃に触れているかぎり
俗世から離れることはない――

俗世の章

メッセージ

人生が　私の額に足跡を残していった
けれど今朝　私はふたたび幼子に帰る
葉や花々に見え隠れしていた
微笑みがいま蘇（よみがえ）り
浜辺の足跡を拭（ぬぐ）う雨のように
額の皺を消してゆく
誕生と死のめぐりがまたはじまる

不安を胸に抱きつつも　私は決然とゆく
花園を歩むように
面（おもて）を上げて進む

爆弾と迫撃砲の轟音の中　謡（うた）は花開く
昨日（きのう）流した私の涙が　いま雨となり降り注ぐ
茅葺きの屋根を打つ雨音は　心に安堵を広げてゆく
幼年時代が　故郷が　私を呼んでいる
雨が絶望を溶かし流す

こうして永らえた私は　いま静かに微笑める
苦しみの樹が　甘い果実を実らせたのだ！
わが兄弟の亡骸（なきがら）をかつぎ
闇の中　田んぼを横切って進む
大地が両腕で　しっかり抱きとめてくれるから
明日にはきっと　君は花に生まれ変わる
朝の草原で静かに微笑む花々に
いまはもう泣くこともなくなった兄弟よ
一緒に　あの深い闇の中を乗り越えてきたね

今朝
君がそこにいるのに気づいて
私は草に跪く(ひざまず)
花は　言うに尽くせぬ奇跡の微笑みをたたえ
沈黙のことばで話しかけてくる

メッセージ
愛と理解のメッセージは
たしかに私たちに届いている

――一九六四年にサイゴンで書いた詩。一九六六年、アメリカで戦争の和解をうながす友愛会のクリスマスカードとして配布された。

青々と茂る庭園

宇宙の中の十の場より　いっせいに火の手が上がる
荒れ狂う風が　その火をあらゆる方角から私たちに容赦なくあびせかける
遥か遠くに　美しき山はそびえ　川は流れる

あらゆるところ　地平までが死の彩(いろどり)に燃え立つ
私はといえば　いのち永らえてはいるものの
身と心は苦悶する　その炎に包まれたかのように
乾ききったこの目からは　すでに涙もこぼれない

この夕べにどこへ向かおうとするのか？　兄弟よ　どこを目指して
銃火の破裂音が間近に迫る

私たちの母の心臓は　その胸の中で干からび　枯れゆく花のようにしおれ
ていく
垂れた頭（こうべ）から落ちる滑らかな黒髪には　すでに白いものが混じっている
母は　蹲（うずくま）ったまま一睡もせず　灯と一緒に嵐が鎮（しず）まることを祈りながら
幾多の夜を過ごしたろうか

私の大切な兄弟よ　今宵私に狙いをさだめ
私の母の胸にけっして癒えぬ傷を穿（うが）とうとする者は　たしかに君だ
強烈な風が地の果てから吹き寄せ
私たちの家をなぎ倒し　肥えた農地を荒野に変える

燃え上がり黒く焼かれていく故郷に　いま別れを告げる
私の胸を差し出そう！　兄弟よ　銃をかまえ　引き金を引け！
私はこの体を捧げよう　母が産み育ててくれたこの体を
それが望みなら　破壊するがいい
君の夢の名のもとに　殺せ

君が殺すのは　その夢のためなのだろう
暗闇を呼ぶ私の声が聞こえるか
「この苦しみは　いつ果てるのか
暗闇よ　だれの名のもとにおまえは破壊するのか？」

帰っておいで　兄弟よ　そして私たちの母のもとに跪(ひざまず)くのだ
この緑の庭園を　遥か遠くから吹きつける嵐の
荒々しい炎の生贄(いけにえ)にしてはならない

私の胸を差し出そう！　兄弟よ　銃をかまえ　引き金を引け！
それが望みなら　破壊するがいい
そして私の骸(むくろ)から
君が夢見たものを何でも作るがいい

そのとき　血と炎から生まれた勝利を祝う者は　だれなのか？

――一九六四～六五年前後に書いた反戦詩。「ハイ・チュウ・アム（満ち潮の響き）」という仏教系の週刊誌に掲載された。

ムードラ

詩人の言葉を聞くな
朝のコーヒーに　彼の涙ひとしずく

私の言葉を聞くな
たのむから
朝のコーヒーに　私の血のひとしずく
責めないでほしい　兄弟よ
液体が喉を通らないのだ
両肺の空気さえ凍りついている

彼は言った

「君の目を借りて　泣かせてほしい
ぼくにはもう目がないから
君の足で歩かせてほしい
足を失くした　ぼくのために」
私はこの手で
君の悪夢に触れている
彼は言う
「ぼくは救われた　これ以上救いは求めない」
救いは私たちのためにある

テーブルに乗った私の片手
宇宙は沈黙したままだ
大洋も　すすり泣きを止めることがない
五つの峰は　空と大地をその場にとどめている

天の河の遥か向こう

宇宙の神秘がその姿をあらわす
けれど　テーブルの上の右手は待っている——
人類の目覚めを

いや　この手がテーブルの上で裏返ることはない
波打ち際で危うく立つ　貝殻の片われのように
弾丸に斃（たお）れた　人の屍（しかばね）のように
しかし山と川は裏返された
あらゆる天体は消えた
大洋は　その永遠（とわ）のつぶやきを　やめた

私の片手は　まだテーブルに置かれたままだ
五つの峰は変わることなく
世界を統（す）べている
神秘はいまだ明かされず
星々は互いに言葉を交わし続ける

私の手はテーブルから動かず
待っている
空と大地の均衡を裏返す　そのときを――
この手
この小さな手は
大きな山のようだ

――ムードラとは、瞑想中に、ある特定の状態を生み出すために使われるしぐさのこと。一九六七年、私はニューヨーク市のタウンホールで、この詩と「平和」というタイトルの詩を読んだ。そこには、アーサー・ミラー、ロバート・ローウェル、ダニエル・ベリガンなど二十人の詩人が登壇していた。

「詩人の言葉を聞くな」の一節は、詩人の苦しみはあまりにも大きく、もしその言葉を聞こうとするなら、彼とともに苦しまねばならないという意味合いである。

「責めないでほしい　兄弟よ。液体が喉を通らないのだ。両肺の空気さえ凍りついている」の部分は、あなたのコーヒーには血が混じっているので、おいしくは感じられないという意味。

死んだ者は、泣くために私の目を借りたいと言っている。なぜなら、彼は目を持たないから。

歩くことのできない帰還兵は「君の足で歩かせてほしい。足を失くしたぼくのために」と話しかけてくる。

その一年後、私はモントリオールの国際会議の場で、「あなたたちの自由から、私たちを解放してほしい」と要請した。

この詩の中のムードラは、このような意味だ。

「私の手をテーブルの上に山の形に置く。安定を保つには、動かぬように、非常に集中しなければならない。さもないと均衡はすぐさま崩れる」

経験

あなたのもとへ私は来た
ともに座って泣くために
荒れ果てた私たちの故郷と
奪われたいのちのために
悲しみと痛みの中にとり残された私たち
けれどこの手を離さず
しっかりと握っていてほしい
ただこれだけを
伝えたかった
勇気を出して　私たちが勇気をもたなければ
せめて子どもたちのため

明日一日だけでもいいから

あの流血の日からひと月のあいだ
あの子は　緊急支援の米を
たった二ポンド手にしただけだった
今宵彼が口にするのは
ビンロウ樹の葉と腐ったトウモロコシ
彼は　数えきれないほどの
黄疸でふくれた顔をした子どものひとりなのだ

あの子はもう一週間赤痢を患っている
薬も
望みももたずに

洪水は流し去った
父と母を

そして兄弟も
無垢なその子の額には
喪章さえ巻かれていない

けれど　枯れ果てた廃墟の地から
射してくる弱々しい陽光は
その残忍な光の布で
私の魂を包みこもうとする

どうか　ここに来て
その目でたしかめてほしい
辰（たつ）年の洪水を生きのびた
大切な仲間たちの試練を

血を流すその女の子を抱きとめてほしい
彼女の不運は

一家のうちでひとりだけ生き残ったこと

妻と四人の子どもを失った
若い父親が
昼も夜も
虚空に目を凝らしている
そしてときおり笑い声をあげる
涙にむせびながら

どうかここに来て　目にとめてほしい
雑草がまばらに生えた不毛の地に
何日も置きざりにされた
白髪の老人を

老人は
ひとにぎりの米を差し出しながら

呆然とたたずむ少年の前に跪（ひざまず）く
すすり泣く少年の前で
老人は愛を感じながら跪いている
「おじいさん　どうか立ち上がって
ぼくはあなたの孫くらいの歳なのに」

愛のメッセージは手渡された
私はふたたび　明日を信じることができる

夫は亡くなり
子どもたちも逝き
故郷は廃墟となって
暖炉の熱は消え失せた
死があまねく居座り
火種のひとかけらも見あたらない
干からびたこの土地に

生き残った最後のひとりに
何ひとつ持ちものはない
あきらめの気持ちさえ

彼女は　生き残ったことを呪って叫ぶ
「家族と一緒に死ねた人は　幸せだ！」
私は彼女に話しかける
「あなたはひとりではない
泣きながら終わりのないこの道をゆく
助けを求める人びとがいる
首を垂れながらも歩んでいこう」

村人は私に目を向け
苦悩を含みつつ恐れのない声で言う
「どちらも憎い

俺はどちらにも従わないぞ
俺を生きさせてくれる場所
助けてくれる場所がほしいだけだ」
ああ　人生よ！　なんという運命なのか！

トゥ・ボン川の岸辺の丘の上で
切った自分の指から
血のしずくが落ちて川の水と混じるのを
私は見ている
安らかなれ
失われた者たちよ
穏やかに眠れ！

私は話しかける
溺れた者たちに
生き延びた者たちに

そして　天地を震わせる
幼子たちの叫びを聞いていた
川にも
今宵
私はこの山あいに来て
川に向かって身をかがめるように立つ
険しい峰々を見上げている
そして　その永遠の物語に耳をすます

つねに変化しつつ流れることをやめぬ世界
来たるべき世代のためにともに立とう
小さな菩薩たちがそろって
頭を垂れ　涙を隠し
手には学舎（まなびや）でつけたインクの染み
スコップやクワをとって
土をすくいあげるは

橋の建設
またはふくれた屍(しかばね)の埋葬のため

椰子の葉帽をかぶり
茶色の作業着に裸足の姿で
彼らこそ　あらゆる栄光をまとい　寛容さと怖れのなさを携えた
観音菩薩その人なのか？

小さな裸足が
痛みと嘆きの尖った石の上を歩く
その裸足は　灰の中に
急ごしらえで建てた粗末な小屋に入る
そうして息も絶え絶えの
いまわの際(きわ)のいのちに手を触れる

私は彼らの手に目をとめる

極楽の絹のようになめらかなその手が
小さな子に触れようとすると
泣き声はやみ
ミルク缶を見つめていた
母親の瞳が
貴石のように輝いた

私はいまだに
閉ざされた天国の扉の前に座りこみ
頭を垂れて待っている

そして想う
古き園のビンロウ樹の花の香りに
人は気づくことができるのかと

ああ　ここは

なぜこんなにひっそりとしているのか？
この静寂
破壊された故郷の鳥たちが消えたあとに

さあ　いまこそ声をあげるのだ
その声をいま一度
津々浦々まで響かせるように
その声は鳥たちを呼び戻し
水は宝石のごとく輝きをとり返す
そして故郷は錦の織物になる

さあ　歌おう
大きな声で
言葉が　存在の真実を連れ戻すだろう

――一九六四年の救援活動の後、私はこの詩を書いた。私たちは数隻の舟でチューボン川を遡り、クァン・ナム州のドック・ユック地域の洪水と戦争の被災者たちを救援に行った。そこに踏みこむことは、極めて危険であった。私たちは、戦いの両サイドからの検問にあった。

国粋主義者側に止められ、取り調べを受けるときに、私は彼らに言った。「私たちがもし敵側に捕まって、政治的な宣伝文書を渡されたなら？　私は拒めないだろう」「もちろん、受け取るのはかまわない。その後、川に行って捨てればいいのだ」。私はさらに聞いた。「しかし捨てに行く時間がなくて、あなたのような人に捕まった場合には？」答えはなかった。

救援活動を終えた後、私たちは数日その人たちと一緒にいた。銃弾が、私たちのすぐ上をかすめて飛んだ。弟子のひとりが、あまりにも怯えて水に飛びこんだ。苦しみは耐え難いものになっていた。

私は、指を噛んで、したたる血を流れに落としながら言った。「これは、戦争と洪水で亡くなった人たちすべてへの祈りだ」

そこを去ろうとするとき、大勢の若い母親たちが岸辺にやってきて、赤ん坊を私たちに渡そうとした。けれど、私たちに育てられないのは明白だった。あまりの無力感に、私たちは泣いた。

ぬくもりのために

私は両手に顔をうずめている
けれど　泣いてはいない
私は両手に顔をうずめている
孤独をあたためようとして――
両手は守る
両手は養う
両手は留める
心が私を
怒りの中におきざりにするのを

――ベン・トレの爆撃の後の、「私たちは、その町を救うために爆撃したのだ」

というアメリカの指揮官のコメントを聞いたときに書いた詩。

ベッツィー・ローズが曲をつけて「この両手の中に」という歌にした。

祈りの夜

そのとき
風は止まり
鳥は鳴かなかった
不死が
生と死の流れを横切るとき
大地は七たび震えた
平和の印（いん）を結ぶ
輪廻の上に置かれた手が
夜の花のように咲いた

そのとき

不死の花が
生と死の庭に咲いた——
目覚めの微笑みが開く
言葉と比喩をともなって
その人は
人間の言葉を覚えるためにきた

その夜　兜率（とそつ）天*から
神々が地上を
星より強く輝くわが故郷を
見降ろしていた
銀河は身を傾け礼拝する
東の空がばら色に染まるまで
そして　ルンビニの園は
やわらかな揺りかごとなり
生まれたばかりのブッダを迎える

今夜　まさにこの夜
地上のわが故郷で
人びとは兜率天を見あげる
涙でくもった眼（まなこ）を向けて
どこも苦しみの叫びで満ち
マーラの手が　暴力と憎悪をもってのしかかる

暗闇の中　地上のわが故郷では
人びとが奇跡の出現をいまかと待つ
永遠がその帳（とばり）を左右に分け
影が薄らいで
弥勒（みろく）がわが村に来るのを
いのちの鼓動がふたたび響く
ひとりの子どもの歌声から

今夜　月と星たちはたしかに見ていた
わが故郷　大地を祈らしめよ
ベトナムのために——
その死と炎
嘆きと血のために——
ベトナムが苦しみから立ち上がるように
そして　やがて来るブッダの
やわらかな新しい揺りかごとなるように
大地を　祖国を祈らしめよ
ふたたび花が開くように

今夜　私たちは願う
私たちの苦悩が実を結ぶようにと
生と死が
不死の流れを渡るようにと
そして慈しみの泉が

何千万もの心を沐浴させ
人が言葉にならない言葉を学ぶことを願う
そのとき　ひとりの子どものたどたどしい言葉が
私たちに道を説くだろう

――一九六四年に仏教週刊誌「ハイ・チュウ・アム」に掲載された。一九六八年、
東京で曲がつけられた。

＊天界のひとつ、欲界の第四の天のこと。

あなたへの提案

私と約束してほしい
今日　いまここで
太陽が天頂にあり
あなたの頭上にさしかかるいま
約束してほしい

あの者たちが
渾身の憎しみと暴力で
あなたを打ち倒し
踏みつけ
虫けらのように踏みつぶしても

あなたの手足を引きちぎり
腹を引き裂いても
忘れるな　友よ
憶えておくのだ
本当の敵は人間ではない

慈悲の行いのみが　あなたにふさわしい
揺るがず　限りなく　無条件の慈悲こそが
憎しみの眼には　人に巣食う獣の心が見抜けない

きっといつか　あなたは見据える
ひとりきりで　自分の中の獣を
決然とした勇気と
慈しみと迷いのない眼で
(だれも知らないそのときに)
あなたの微笑みから

一輪の花がほころぶ
そのとき
あなたを愛するすべてのものが
生死を超えた三千世界から
あなたを見守るだろう

ひとりになった私は
ふたたび　頭を垂れつつ歩を進める
滅びぬ愛を胸にたたえて
果てのないでこぼこ道をゆく
太陽と月が
行く手をきっと照らしてくれるだろう

——この詩を書いたのは一九六五年のこと、社会奉仕青年団（ＳＹＳＳ）の若者たちのためだった。戦争当時、日々いのちをかけて活動する彼らに、私は、憎しみを持たずに死を覚悟することを伝えようとした。

すでに暴力によって殺された仲間もいたが、私は憎しみに負けぬよう忠告した。本当の敵は、自分自身の怒り、憎しみ、貪欲さ、狂信、他者への差別意識である。

暴力によって殺されるなら、自分を殺す相手を許すために慈悲の瞑想をすべきだ。慈悲を自覚しながら死ぬなら、人は目覚めた存在（ブッダ）の真の後継者となる。抑圧や、辱め、暴力によって死のうとも、死のときに許しの微笑みをたたえるならば、偉大な力を得ることだろう。

この詩を読み返したとき、突如として金剛般若経のある一節が理解できた。「クシャンティ」、忍耐についてである。「あなたのくもりなき勇気、やさしく安らかな眼差し（ひとりでいるときでも）、その微笑みからは花が咲く。あなたを愛する者たちは、幾千万の生死の世界を超えて、あなたを見つめる」

心に慈悲をたたえて死ぬ者は、私たちの道を照らす松明となる。初期の接現（インタービーイング）教団のメンバーだったナット・チーマイは、焼身する前に以下の詩をテープに録音して、両親へ残した。

「〝ふたたびひとりきりになり、頭を垂れて私は進む〟あなたに出会い、知り、そして忘れないために。〝長いでこぼこ道の上に、太陽と月は輝き続けるだろう〟人びとの関係性が成熟すれば、そこにはつねに慈悲と許しがある。

支えを感じられるようになるためには、他者からの見守りと容認が必要だ。ブッダの眼差しをどれほど私たちは必要としていることか！　奉仕の途上には、痛みや孤独の瞬間もある。しかし、ブッダの眼差しと理解を知れば、大いたるエネルギーの波と前進への確固たる決意を感じることができる」

ウェストン修道院の修道士が、この詩に美しい曲をつけてくれた。

真理*のかたち

小鳥に小言を言ってはいけない
人には小鳥たちの歌が必要だ
あなたの体を憎んではいけない
それは人間の精神の祭壇なのだから

あなたの目の中に三千世界がある
そしてあなたの耳は　鳥たち　春　満潮　ベートーベン　バッハ　ショパン
赤ん坊の泣き声や　その子をあやして寝かしつける歌
それらをことごとく統（す）べている
あなたの手は愛の花
人に摘まれずともそこにあるだけで美しい

そしてあなたの額は　どんな朝にもまさる美しい朝
あなたに現れた真理のかたちを壊さないで

とうもろこし　草　夜に漂う香り
すべてが平和を謳(うた)いあげる
この朝　たとえ弾丸に心臓を貫かれようと
小鳥は力のかぎりいのちの賛歌を謳いつづけるだろう
とうもろこし　草　夜に漂う香り
空の星や月もともに
私たちすべてが力をつくしている
あなたが生きのびられるように
できることのすべてを行っているのだ

＊元の英語は suchness で、仏教用語では「真如」と呼ばれる。現象界の真の姿。ありのままの現実のこと。

決意

あなたは私たちと闘う
強大になるため憎しみと暴力を煽るあなたに対して
憎悪と闘う私たちゆえに

あなたは私たちを呪う
私たちが人を分け隔てせず
銃身を向けることをしないので

あなたは私たちを非難する
みずからの貪欲さの借りを
私たちの血で返せないから

民衆の側に立ち
すべてのいのちを守ることをやめない
私たちの心を変えられないから

そしてあなたは私たちを殺す
人間の愛と理性の前に
頭(こうべ)を垂れる私たちを
断固として
人をオオカミとみなすことを拒む
私たちを

——一九六〇年代の戦争のさなかに書かれた。

爆発しなかった者たちへ

わからない
私にはどうしても
わからない
彼らがこの若者たちに
手榴弾を投げつけるのが

なぜ殺そうとするのか
まだ無垢な眉毛の少年たち
手をインクで染めた少女たちを
教えてくれ彼らの罪状を——

慈悲の声に耳を傾けたから？
寒村に滞在し
村人を助け
子どもたちを教育して
田の作業を手伝ったから？

昨晩　手榴弾が炸裂し
十二人の若者が死んだ
彼らの体はずたずたになり　皮膚は引き裂かれた
ひとりの少女の皮膚には
六百以上の爆弾の破片がめりこんだ

今朝　ふたりが埋葬された
だれもがこの父祖の地に
ふたたび陽が昇るのを待っている
だれもが平和を求め

一匹の蝶に生まれ変わるのを願っている

死と悲しみは受け入れよう
だが聞いてくれ
兄弟姉妹よ
爆発した手榴弾は
この空をバラバラに砕いた
あの少年たち　少女たちは
血の轍(わだち)を残して逝ってしまった

けれど昨晩炸裂した手榴弾よりも
さらに多くが残されている
いのちの中心に蓄えられた
手榴弾がまだある
わかるか？
まだ爆発していないものが

残っているのだ

手榴弾は
残っている
人類の心の中に――
わからない　それがいつ爆発するのか
わからない　この国がいつ荒れ地に帰すのか
わからない　いつ人びとがすべて居なくなるのか

それでもなお
どうか信じてほしい
私たちのハートに憎しみはなく
気持ちに悪意がないことを
世界は何を求めているのだろう？
愛こそは　私たちすべてに必要なもの

ここに来て　聞いてほしい
時間は限られている
危険はあらゆるところに迫っている
私たちのハートの中から
われらが故郷から
人類から
手榴弾を取り除けよう
ともに立ち上がろう
一緒に立とう
手をとりあって

――この詩は一九六六年、身元不明の男たちの集団が、手榴弾と銃で社会奉仕青年団を襲った後に書かれた。

故郷に返させてほしい

昨日の夜　四人の兄弟が死んだ
そのひとりは　トォ
もうひとりは　トゥン
そして　ヒィ
さらに　ラィン
みんなに知ってもらいたいことがある
兄弟　姉妹　地元の人びと　われらが故郷に

私の訴えを耳にした四人の若者が
各地の小村におもむき
平和が戻ってくるように

信頼と愛の種をまいた

彼らの肉体は私のもの
彼らの血は私のもの
私の肉体が砕かれ
私の血が干上がった
真夜中に彼らは
引きずられていった
裸足のまま　帽子を剝ぎとられ
川岸へと
そして跪かされ
撃たれた
(そして私も川岸で撃たれた)

故郷の仲間たち
兄弟姉妹たちよ

あなたたちの見守りのうちに
わが兄弟たちの肉体を　故郷に返させてほしい
わが兄弟たちの血を　故郷に返させてほしい——
私たちの名をけっして汚さなかった
その混じりけのない血と　清らかな肉体を

彼らの両手を　人類へと返させてほしい
破壊したことのないその両手を
彼らのハートを　人類へと返させてほしい
憎しみをもったことのないそのハートを

彼らの肉体を覆（おお）っていた皮膚は
故郷の仲間であるあなたたちに　返したい
自分自身のために動物の肉を料理しなかった
その四人の皮膚を

使ってくれ
わが兄弟の皮膚を
われらが同胞の開いた傷口の手当てに
苦悩に倒れた
その大いなる肉体に

――私が創設した社会奉仕青年団の生徒である四人の暗殺を聞いたのは、パリにいるときだった。私は泣き崩れた。

そのとき、友人のウィンドミラー氏は言った。「タイ、泣いてはいけません。あなたは非暴力の軍人たちを率いる将軍なのだから。犠牲の苦しみは仕方がないことではありませんか」

私は答えた。「いや、私は将軍ではなく、ただの人間です。奉仕のために彼らを呼び寄せたのは私です。その結果、みんないのちを失ったのです。泣かずにはいられません」

見とどけた眼

まっ暗な空に照明弾が弾(はじ)ける
ひとりの子どもが手を打ち笑う
銃声が聞こえ
笑い声はやんだ

でも　それを
たしかに見た眼がある

――照明弾は、敵のありかを照らし出す役割をもつ。恐怖に取りつかれた者は、すべてが敵に見える。幼い子どもでさえも。その現場を見たのはあなた、そして私だ。

平和

今朝私は呼び起こされ
わが兄弟が戦争で死んだと告げられた
それでもこの庭に
新しいバラが一輪
湿った花びらをほどき
茂みの中で咲いている
そして私は　生きている
この瞬間も　バラと肥やしの匂いを吸いこみながら
食事をし　祈り　眠っている
この長い沈黙を　いつ破ればいいのだろう？
私を絞めつける心に秘めた思いは

いつ言葉に出せるのだろう?

――一九六四年、ベトナムで書いた反戦詩。当時、「平和」を口にする者は「共産主義者」ということにされ、共産主義の支持者か裏切り者だとされた。有名なミュージシャンであるファン・ズィはこの詩に曲をつけ、タイトルを「夢」とした。

祈りの炎

朝早く
太陽が照っている
宇宙よ
おまえをこの腕に抱きしめられたら
どんなに幸せだろう
鳥たちが歌っている
朝食を売り歩くひとりの女が竹林を歩いていく
故郷よ
おまえをこの腕に抱きしめられたら
どんなに幸せだろう
人びとが市場に集まってくる

世界よ
おまえをこの腕に抱きしめられたら
どんなに幸せだろう
残されたのはわずか二十時間
けれどすでに私は　ここにいない
この身を炎に捧げるのだ
太陽が照っている
おお　故郷よ　世界よ　大宇宙よ！

たとえようもなく　すべては美しい
別離は耐えがたく
わが愛は計れない
多すぎる思い出――
でもそれらを携えていくことはかなわない
木の葉一枚　小石ひとつでさえ
なんて愛しい木の葉　ほんとに大切なひと粒の小石

たっぷりと眠り　早朝目が覚めた
何の煩いもない無垢な幼子のように
私のこの手　今朝ここに火を運ぶのがおまえの役目なの？
この手で頬をなでてみる

手は忠実な友
キャンディやクッキーを差し出す手
インクの染みやチョークの粉がついている手
絹を機織る手
親をなくした子の頭をなでる手

朝早く目覚めて思う　永遠に生きることができたなら！
バラ色に染まるそれぞれの朝
それぞれの朝から一日がはじまる
文字が書き連ねられるのを待つ
一枚のまっさらな紙のように

世界が今日　こんなに美しいのになぜ？
私が死のうとしているから？
この両眼を開けたから？
数えきれないほどの星が　あんなに遠くに！

早朝目覚めて
この顔と　両手と
小さなたらいの中の水に気づく
こんなに澄み切った水の中で泳げたら
かわいい魚のように！

早朝目覚めて
新鮮な空気に窓を開く
その窓に飛びこんで空へと
小鳥のように飛べたなら！

早朝目覚めて
子どもたちが何人か　鳥のように囀(さえず)りながら
道路を渡っていくのが見える
歩いていきなさい　小さな兄弟姉妹たち
歩いていきなさい　苦しみも殺戮(さつりく)もない
平和と安心の地平へと
私は　燃えたぎる炎の中へと身を投げようとしている
急いでいきなさい　かわいいみんな
まわりの岩の丘　山々や森たちが
必死であの残忍な炎をくい止めているうちに

ずっと先のほうで　お姉さんやお兄さんたちがみんなを待っているよ
鳥やちょうちょが
教室に迷いこんでくるかも
窓辺にからみつく蔓(つる)バラの
やさしく心地よい香りが

教室いっぱいに広がるでしょう
机の下からこっそりと　クッキーやキャンディがまわってくる
お兄さんたちは気づいていても　微笑んでいるだけ
お姉さんたちもわかっているけど　知らんぷりしている
南部なまりで読み上げる書きとりの宿題
アクセントの間違いは　一点の半分だけの減点
私は大好き　さらさらの髪の毛やいきいきとした瞳――
インクの染みついたシャツや顔だって
その洟垂(はなた)れさえも

通りは人でごったがえしている
何を思っているの　おばさん？
何を思っているの　おじさん？
何が心配なの　お兄さん？
何が心配なの　お姉さん？
だれもが違った心配を抱え

一人ひとりにそれぞれの事情がある
みんな　自分自身の朝の用事にいそしんでいる
私はひとりで歩いている
足は地面に着いているのに
気持ちは宙に浮いている
でもここにいる
いえ　私はすでにいない

あと二十時間
心の奥底の想いは　だれにも話さなかった
孤独は感じない
友よ　人類よ
兄弟姉妹たち
愛するこの地球よ
涙が顔を流れ落ちる
私は頭を下げて　涙をぬぐい去る

微笑んで　自分に鞭打つ
心にまだ愛情があることを恥じる
後ろ髪が引かれ　ここから離れたくないから
ひとりで　私はいく

友たちよ　私をこのまま去らせてほしい
どうか気を悪くしないで
近くに来ないで
みんなが離れていれば　この誓いを遂げることができるから
一人ひとりを抱きしめたい
若者も　お年寄りも　そしてたくさん泣きたい
でもそうしたら　すべてがだいなしになる
一緒に涙を流せば
奮い立たせた決意がみんな崩れてしまうから
ゆるして　友たちよ
ゆるして　愛しいお母さん　お父さん

ゆるして　だいじな兄弟姉妹たち

川の話を思い出そう
私は船頭になりたい
私は　毎朝青い波が語る声を聞く
オン・ラィン橋が見たい
私の小さな舟は　鮮やかな赤い陶器の壺と平鍋を運ぶ
他の舟は　樽(たる)に入れた魚醤(ニョクマム)を運ぶ

ビンロウ樹の実を売る女たちが見える
どの唇も嚙んだキンマで赤く
髪の毛は縞模様の布でくるまれている
私たちの故郷は美しい　あまりにも美しい
あのお寺があって　竹林があり
ビンロウ樹の庭園と　キンマの生け垣がある
いつもいっていた川の船着き場も

そこに帰りたい
でも戻っても　故郷はもう見つからない！

一歩一歩歩んで　故郷の土に触れる
故郷の土は
爆撃と銃火で破壊されてしまった
これは　かずかずの緑の庭園への祈り
竹が生え　梅の花が咲き
前庭にはサボテンが植えてある
両手を合わせて
私はこの炎を祈りとして受けいれる
最後に　この家並みを見ておきたい
最後に　空や　水や　木を見ておきたい
星々や月を
人びとの姿を——
おばさん　おじさん　兄弟　姉妹

若者たち　お年寄りたち
みんなが笑い　おしゃべりするのを見ておきたい
この両腕の小さな輪に　すべてを抱きしめる
ずっと一緒だった　大切な兄弟と姉妹
私は去るけれど　いつもここにいる
明日の日の出の瞬間に
私の詩は愛する人たちにきっと届く

――一九六六年の作。相互存在教団の最初の六人のメンバーのひとりナット・チーマイが、サイゴンのトゥ・ニェム僧院で平和と和解のために焼身で命を絶ったのを聞いて。

安らぎの朝

月へと向かう道を踏んでゆき
ふと振り返って目をみはる
宇宙の果てない大洋に浮く　ひとつぶの水滴
あれは地球　私たちの緑の星
壮麗なるその美は輝かしくきらめき
しかもなんと儚（はかな）い
そこに私は　みずからを見いだす

大地の上　草の小道を
マインドフルに歩みながら
この足をとおして誓う

この早朝をまるごと抱きしめ
この瞬間の安らぎに触れることを

秋の葉が散って小道を覆（おお）い
歩く瞑想の前にカーペットを敷きつめる
恥ずかしがりやの栗鼠（りす）が
楢（なら）の木の陰に隠れ
私に気づくと驚いて
木の上へと駆け登り
生い茂るこずえの奥に消えた

澄んだ流れが
岩の割れ目のあいだを奔（はし）り
水が笑い　木々は鳴る
私たちは皆ともに安らかな朝を祝う

いっぽう私には
深い苦しみが存在するのも見える
人が人を捕らえ
互いに苦しめ合っている――
差別と　憎悪と　強欲の波が
避けがたい破滅を呼び
大地の上に砕けるのを
同じ母鳥から生まれたひよこたちが
違った色の羽毛をまとって
争いあう
悲痛な叫びが戦争の恐ろしさをうったえる

兄弟姉妹よ
美しい地球とは　私たち自身のこと
私は地球に腕をまわし　やさしく胸に抱きよせる
同じリズムで息をして

ともに静けさと安らぎを取り戻す
自分を受け入れよう
互いを受け入れられるから
未来への夢を分かち合い　実現させよう
大いなる愛が現れるように

新しき村

今朝　マッチが見当たらず
暖炉は冷え冷えとして
まるで湿った秋の日のよう
仕上げまで半分残った私の絵
近所まで火をもらいにいく
(覚えているかい?
小さかったころよくしたように)

君に聞かれた
行った先が火を切らしていたら?
「いっしょに歌えばいいのさ」　ぼくは言った

いまでも母さんの言葉を覚えている
だから　新しき村にやってきてくれないか
歌を忘れてはいけないよ
この村のどこかに　きっと火の持ちぬしはいる
みんな手をあげて　正直に答えてほしい
「この集落のどこかに
きっと火を保つ人がいる
ぼくと同じにそう信じる人は？」

もみ殻を炉に投げ入れ
火を絶やさない
貧しい家庭がここにはある
いまでも母さんの言葉を忘れない
火の場をきちんと守るよう　ぼくは心がけよう
燃えるもみ殻の上に
ひと握りの麦わらを

そっと置くだけで
辛抱強く待つうちに　煙が立ち昇ってくる
それから　注意深く息を吹きかけ
炎を燃え上がらせるのだ

兄弟よ　今日君は長旅から帰ってくるという
ぼくらの茅葺(かやぶ)きの小屋を包む薄煙を眺めながら
湧いてくる温かな気持ちを味わってごらん
ぼくらの村へおいで
みんな待っているから
先祖代々の炉の中で
ぼくらの妹は火を絶やさぬよう守ってきた

星々の光の見守りのもと
君の舟は
ためらわず流れにそって進む

君の舟はまっすぐ故郷へ向かう
霧が降りてきても
心配しないで
今日の愛が生む温もりは
かならず明日に届く
それを君は知っているから

いま家ではきれいに火が燃えている
うちにやっておいで
何千年ものあいだ
こちら側とあちら側を
橋で結ぼうとした人がいた
ぼくの絵は　ちょうど仕上がったところ
まだ色彩も鮮やかだ
君に見せてあげたい

火は楽しそうにはぜている
あと何本かろうそくを持ってこよう

——この詩は社会奉仕青年団のメンバーのために書いた。昔はマッチなどはなく、台所で火を燃やし続けるしかなかったのだ。火がなければ炊事はできない。人びとは近所の家まで火をもらいに行かねばならなかった。

平和のための祈り

美しい姿で　蓮の花の上に座すは
世尊ブッダ　静かに揺るぎなく
あなたの弟子は慎ましやかに
落ち着いた清らかな心で
両手で蓮の花をつくり
深い敬いの心であなたを拝し
心からこの祈りの言葉を捧げます

十方（じっぽう）に座す　すべてのブッダを称えます
われらの苦しみに慈悲を向けたまえ
この地は二〇年も戦（いくさ）の中にあり

分離を強いられた
若者たちと老いた者たちの
涙と血と骨の故郷
遠き地に倒れた子の体は朽ち
母は涙が枯れるまで泣く
美しきこの地は引き裂かれ
いまは血と涙が流れるばかり
他所者(よそ)の取り決めで
仲間が仲間を殺す

十方に座す　すべてのブッダを称えます
あらゆる民に慈愛を注ぐブッダよ
われらを憐(あわ)れみたまえ
北と南はひとつの家族なのだということを
私たちが忘れませんように
心の慈悲と友愛を呼び起こし

この分離意識を　すべてを受け入れる愛に
変えていけますように
あなたの慈悲によって
この憎しみを克服できますように
観自在菩薩の慈愛によって
われらが祖国の地にふたたび花が咲きますように
謹(つつし)んで　あなたに心を開きます
あなたが私たちの業(カルマ)の変容を助け
この精神の花に水を注いでくださるように
あなたの深い智慧によって
私たちのハートが明るさを増しますように

釈迦牟尼ブッダを称えます
あなたの大いなる誓願と慈悲は　私たちを生かします
私は　信頼と慈愛を深める思いだけを育み
調和と助け合いの言葉を交わす

仲間の輪を作り上げるためだけに
この手を使うことを決意します

この祈りの功徳が
ベトナムの平和へと変容しますように
私たち一人ひとりが
この深い望みを遂げられますように

——この祈りは、一九六五年に南ベトナムの各地で行われた「あなたの兄弟を撃つな」キャンペーンにおいて、平和運動への参画を促進するために使われた。若者たちの会合において詠唱され、皆が心をひとつにし、努力を集めて平和活動を継続するよう努めた。そのうちのほとんどが仏教徒だった。詠唱は和解と戦争の終結を目的とし、互いの意志疎通の強力な手段となった。さらに、これによって西洋の仲間とも交流することができた。

君の心がつくりだすこと

君のまわりにある壁──
それを築くのを請け負ったのはだれか？
今朝のこと
気づけばぼくらは大洋の上
風と波のさなかに浮かんでいた

苦しみが最後の待避所をこしらえる
その中にこもり
君は過酷な夜をすごすことになる

ぼくがした約束を

もう一度ぼくに言い聞かせてほしい
(あれからずいぶんたった)
そうすれば　いざそのときに
君のことをちゃんと見守っていられるから

ぼくに刺さった何本かの矢は――
まだこの体にとどまっている
それを返すことはできていない

兄弟よ　君の庭の手入れを怠らないで
ぼくは一羽の鳥
他の鳥のように
ひたすら澄んだ水と良い種を探し求める
きっとぼくらは君の庭に戻ってくる
みずからの人生の統治者になるんだ

そして　苦しみを追放する布告に署名し
宇宙のあらゆるところから
鳥たちや花々の生命力と
若者たちの活力を呼び戻すんだ
君の目が微笑むとき
全宇宙が微笑むだろう

——この詩は一九六〇年に、ジア・ディンの小さな僧院竹林寺で書かれた。私の庵の床は土で汚れていた。これは若い僧と尼僧に向けて、あらためて私の愛情とサポートを伝えるために書いたものだ。戦禍の中で、彼らの苦しみは非常に大きかった。

非難について

ぼくの言うことを聞いてくれ
昨日六人のベトコンがこの村を通りすぎ
それだけで村は爆撃を受けた
すべての住民が殺された
翌日私が戻ったとき
そこには土ぼこりだけが舞っていた——
屋根も祭壇も失った寺院
土台だけになった家々
竹林は焼きつくされていた

いつもと変わらぬ星の輝きの下で

この地球に今日も生きる
ここに居ないすべての人びとに向けて
大きな声で言わせてほしい
私はこの忌むべき戦争を非難する！
仲間による仲間の殺戮を！

聞く耳を持つ者は　この声を受けとめてほしい
私はこの戦争を認めない
かつても　そしてこれからも
たとえ殺されようとも　その前に何千回でも言わねばならぬ

私は　仲間のためにいのちを捨てる一羽の鳥
割れた嘴から血をしたたらせ　叫ぶ
「気をつけろ！
振り向いて　本当の敵を見るんだ――
野望　暴力　憎悪　貪欲さという敵を」

私たちの敵は　人間ではない――
〝ベトコン〟と呼ばれる者たちでさえ
兄弟姉妹を殺すなら　あとにだれが残るのだ？
そのとき　私たちはだれとともに生きるのか？

――この反戦詩は一九六四年に書かれ、五万部発行されていた仏教週刊誌の「ハイ・チュウ・アム」に掲載された。私は「反戦詩人」と名指しされ、親共産主義の情宣者と非難された。

ファン・ズィの「われらの敵」（ベトナム語でケ・トゥ・タ）という歌は、この詩の最後の三行から作られた。

われらの敵は、イデオロギーの色をまとっている。
われらの敵は、自由という題目を掲げている。
われらの敵は、魅力的なかっこうを装っている。
われらの敵は、言葉の詰まった籠を抱えている。
われらの敵は人間ではない。
人間を殺せば、私たちはだれとともに生きるのか？

未来に輝く太陽

午後のあいだずっと
湿った塹壕(ざんごう)の底にしゃがみこみ
銃を脇に置いたまま
私はビクターを待っていた
ビクター・チャーリー
黄色い肌をしたベトコンを

このアジアの山に棲む猿たちの
なんと悲しそうな鳴き声
人びとがベトナムと呼ぶ
なんと悲しみに満ちたこの国よ

この地の森と山々だ　アフリカの森や山々と
どう違うというのだろう?

轟音をあげ火を噴く私の銃は
ビクター・チャーリーの両目をもっている――
その両目
彼の肌が褐色だろうと黄色だろうと
その目が発することばがある――
アジアの悲しみを語るその目
どこかである詩人が
アフリカの悲しみを語るのを聞いた
黒人だろうと黄色人だろうと
君を憎む理由などない
ビクター・チャーリー

この国の資金がベトナムに注がれてきた

私の同胞である貧しき黒い兄弟たちが
人種差別の重荷を負っているあいだに
デトロイト　セルマ　シカゴ　バーミンガム　ワッツは
すでに闘争に合流している
私の兄弟姉妹たちは
苦しみの地をすでに後にしはじめた

私たちは意を決した――
一九六七年だけで
戦争に三百億ドルが費やされた
一時間ごとに三百万ドル――
そのあいだ　シカゴの妻や子どもらは
貧困の網にとらわれたままだ
戦争でひと月に使われる二十億ドルは
この偉大なる合衆国の貧困層への
一年あたりの援助金をしのぐ

移民の家族五十万人
教育
子ども向けの施策
住宅資金
医療
それらすべての年間予算が
八時間戦争を止めるだけでまかなえる

なぜ私たちはベトナムに住むのか？
このアジアの森と山々に

ビクター・チャーリー
私たちが
憎しみと怒りの種を最初に蒔いたのはいつだ？
戦争など始めるつもりはなかったのに！
彼らは真相を隠している

私たちに限度を教えなかった
未来の太陽は
隠れている
森と山々の向こうに
アジア大陸の下で
地球は震えている
アフリカ大陸の下でも
震えているのだ

——一九六七年作。

肉と皮、煉瓦とタイル

爆撃機は去った
残った太陽のもと
正午の消え入りそうな光の中で
古(いにしえ)の地はふたたび目覚める

曲線を描く寺院の屋根は
焼け落ち粉々になった
それでも世尊ブッダは座す
金箔に包まれ
言いつくせぬ微笑みを
煉瓦(れんが)や瓦礫(がれき)に投げかけて

静かな黄昏(たそがれ)どき
笛の音が湧き起こる
まるでわが心から生まれたかのようなその音
村の小学生たちが
その寺院に避難していたのだ
いまはもう　煙が立ちこめるばかりのその場所に

そして　だれもいなくなった
黒くつややかな髪をもった子どもたちとともに
もうここにはいない
彼らは怪我人たちを連れ去った
死んだ者は明日にも
道の突き当たりの墓地に
埋められるだろう

わが故郷よ
歯を食いしばる
姉妹兄弟たちよ
いまもなお
沈黙のうちに心の痛みに耐えているのか
それ以外にどうしろと？
ここ以外のどこへ行けと？
あなたたちの悲しみを受けとめるには
海さえも浅すぎる

おお　姉妹兄弟たち
どうすればいいのか
あなたたちの体の中で
破裂し砕けた弾丸と金属片を
肉と皮　煉瓦とタイルを

われらの過去は
この二十世紀にある
忘れてはならない　忘れてはならない
それは本当か——
この子が
ジャガイモとキャッサバ芋で育った
貧しき土地の子が
ジュネーブの平和協定*ののちに生まれた
この子が
かつて春の野原で
笑い声を響かせていた
子どもが
寺院の夕暮れの鐘が鳴るその時に
それは本当か——
この子が大人になるための権利を
無情にも剝ぎとられたというのは？

――その光景をいまだにはっきりと覚えている。寺院が爆撃を受けた後、すべては破壊され、中央の御堂に安置された静かに微笑む仏像だけが残された。

寺院では、大勢の子どもたちが読み書きの授業を受けていたが、爆撃を受けて殺されたり傷を負ったりした。

＊第一次インドシナ戦争終結のため、一九五四年スイスのジュネーブで合意された休戦協定。ベトナム南北分断の原因になった。

孤独な見張り塔

遊女が履く靴の
尖ったヒールの
遥かな高みに
あなたは自分の見張り台を築く――
みすぼらしい茅葺きの屋根には
穴があいている
しおれた庭園や
焼き払われた水田にも
穴があいている
夜が来るとそれらの場所に
われらの魂は帰り

沈黙のダンスを踊る

正午に
あなたは投げ捨てる
空になった鰯の缶
飲み干したビールの缶
コーラの空き瓶
タバコの燃えさしを

午後に
あなたは漆黒の銃身を
自分の故郷の
貧しき民の体に向ける

そして夜が来れば
あなたは照明弾を

空に向かって打ち上げる
孤独を追い払おうとして

茅葺き屋根の小さな蟻でさえ
怖れに震える

あなたはいつもどこかに敵を
探し回っている
けれど　敵はここだ
ここであなたの世界を治め
心を支配し
あらゆるところを支配する
そこだ
あなたのハートの中で
敵は爆発物のように
弾(はじ)ける時を待っている

遊女が履く靴の
尖ったヒールの
遥かな高みに
あなたは自分の見張り台を築く

しかしやがて時は来る
ひとりずつ　何百万人もの
わが民の涙が
合流し混ざり合い
したたるその水滴は
池に　せせらぎに　川になる
川は流れ
流れゆき
水かさをますます増して
涙の潮（うしお）は

押し流す
遊女の口紅や白粉(おしろい)を
あなたの金や銀を　その権力を
怒濤(どとう)の涙は
流し去る
あなたのゴミを
あなたの屑(くず)を
あなたのがらくたを

——一九六六年作。

私の両手

これは私の両手
あなたに返そう
けれどその前に祈ろう
この手がもう二度と
砕かれぬように

私は帰ってきた
抵抗せず　降伏して
この大きな苦しみを憎まずに
私は　あなたの星のもとに
生まれた

あなたのために生まれた
幼なごころをもって
幾千回も転生するために

これは私の両手
私のハート　そして心
人生そのもの――
これが残ったもののすべて
それらがもつ唯一の力は
愛の苦悩の上で血を流している

これは私の両手
あなたに返そう
忘れないで　母の教えを
墓を覆う枯草への愛を
それでもなお咲くバラを

それらにとって
他のすべてにとってと同じく
愛は　濁(にご)りなき朝露なのだ

これは私の両手
頭を垂れてあなたに捧げる
この古傷はいまだ癒えず
血は濡れたまま
指先には　あなたの魂が
震える草の葉先の露のように
煌(きら)めきながら
憩うかもしれない

これは私の両手
生まれ変わろうとも

古傷を残したまま
私は今も微笑んでいる
憎んだことがかつてなかったから
そしてハートがある
過ぎ去りし日より運んだ
純粋なハートが

これは私の両手
あなたのために持ち帰った
包帯の下にはまだ癒えぬ傷
私は祈る
この手が二度と砕かれぬように
そして星に願う
私を見守りたまえと

――この詩は、短編「素朴な若者」と対になっている。

黙想の夜

今夜は満月
星に願いを捧げよう
三昧(さんまい)の力が
集中した輝く意識を通して
世界を揺るがす

生きとし生けるものすべてが
今宵ここにある
そして　大地を覆(おお)う
恐怖の大海を目撃している

深夜の鐘の音が響くとともに
十方（じっぽう）の者はみな合掌し
大悲の瞑想に入る

ハートから慈悲が湧きいで
澄んだ新鮮な水のように
生命（いのち）の傷を癒やす

心の山の頂上より
聖なる水の流れが下り
水田や蜜柑園をうるおす

草の葉先に乗った
その甘露のしずくを口にした
毒蛇の舌先からは
毒が失せた

邪神マーラの矢が
香しき花に
変わったのだ

癒しの水の驚くべき働き――
神秘なる変容の力！
いま無垢な子の手に握られているのは　その毒蛇

古の庭園の木の葉はまだ緑
雪の上で陽光が揺らめきながら微笑み
聖なる春は東へと流れ続ける

観世音菩薩がもつ柳の枝や
私のハートにある
癒しの水もまた同じ

今宵　すべての武器は
われらが足元に落ち
塵と化す

一輪の花
二輪の花
幾百万の小さな花が
緑の原にあらわれる

解放の門が
無垢な子どもの唇の
微笑みとともに開く

この慈愛（メッタ）の瞑想は、私たちの心と世界に変容をもたらす甘露の香油（不老不死の飲み物）である。慈悲は山頂から癒しの水のように流れ下り、平野に広がるとあらゆるものが恩恵を受ける。毒蛇のコブラさえ、その一滴を口にして毒が消えたことを知り、小さな子がその蛇をつかんでも大丈夫になる。邪神マーラの放つ矢が花束になるように。

共産主義者たちはこの詩を批判したが、彼らには詩のイメージが読めなかったのだ。彼らは、自分たちがマーラで、私が攻撃した（矢を射た）と解釈した。さらに、私が無慈悲なアメリカ帝国主義（つまりコブラ）とともに活動していることを表明したとしている。この詩は、それらの批判とともに一九六五年ハノイマガジンに掲載された。

私のエッセイ「（母の日の）一輪のバラをポケットに」でさえ、ベトナム解放戦線から攻撃された。「ティク・ナット・ハンは、祖国のことをおろそかにさせる目的で、国民に自分の母親への愛着をうながした」というわけだ。

私はサイゴンマガジン誌に、仏教とマルクス主義は、四聖諦の最初の苦諦においてその源を同じくすると書いたが、両者はその後すぐに分裂してしまった。仏教では苦を体験したあとに慈悲をエネルギーに行動を起こすことを目指すが、マルキストは怒りをエネルギーにしたのだ。

わが兄弟を焼いたその火

兄弟を焼いた火が
私の体の中で燃えている
まわりの世界も
兄弟を焼いた
その同じ火に焼かれている

兄弟は燃える
その姿は山を飲みこみ
体から昇る巨大な炎は
ジャングルを包みこむ

兄弟よ
あなたの肉と骨からできた
貴い灰の上に
跪かせておくれ
暗がりの中から
あなたの若いスピリットを呼び起こし
いのちを吹きこみ
花の姿に
季節のはじめに咲く蓮の花に
変えさせておくれ
日没前にはじめての花が
誰かに摘みとられてしまう前に

あなたの声が聞こえる
その声とともに嵐が叫ぶ
それを聞く私の

細胞の一つひとつが
兄弟よ　涙であふれかえる

あなたの声がいまも聞こえる
地獄から　それとも天国から？
あなたがどこにいようと
私はあなたに心を向ける

一瞬　世界の心臓が止まる
大地は空を見上げ
人びとは互いに問う
「どちらが上で　どちらが下なのか？」と
星の中に見えるあなたの名前は
虚空に刻まれている

兄弟を焼いたその火が

私の肉を焼く
その激痛も
私の涙のすべても
あなたの聖なる魂を鎮めるには
まだ足りない

深い痛手を負った私は
ここにとどまり
若者たちへのあなたの希望と誓いを守り続ける
あなたをけっして裏切ることはない――
私の声が聞こえるだろうか?
あなたのハートは
すでに私のハートなのだから

――一九六三年、ディエム政権に対する闘争の中で、若い僧が自らを焼いた後に書いた詩。私は、ニューヨークのコロンビア大学の大学院で教鞭をとっていた。そしてベトナムの仏教徒の闘いをサポートするためのキャンペーンを始め、国連に仏教徒の迫害についての文書を提出した。その結果国連は、事実確認の代表団を現地に送りこんだ。

アルフレッド・ハスラーの思い出

火の海の中に咲く
蓮の花を目にして
あなたは私たちの仲間となった
良心の委員会がともしたかがり火を
ニューヨークタイムスが運び
何万もの友人にメッセージをもたらした
昼も夜も殺戮を止める努力は続いた

ティク・トゥリ・クァンのドアの外に座り
あなたはティク・アルフレッド・ハスラー上人となられた
友愛に満ちた微笑みが投げかけられ

信頼のメッセージが授けられた
美しき南フランスの海岸保養地の
メントン会議　そして
ロワイユモンの修道院でのリトリートから
大同（ダイドゥン）の環境運動は生まれた
目覚めの鐘が鳴りはじめたのだ
五千人の科学者たちが
大地の女神ガイアのために
声をあげた
ひとつの体から
——突如として何万もの体から
未来への道が開かれた
私たちはそして　もっと大勢のクロッペンブルグを
さらなるデ・グラーフを　得ることになった
ひとつの旗が　花畑の子どもたち一人ひとりを運んだ

デ・グテーテにもういないとだれが言った？
クロッペンブルグはいなくなった
ハスラーも行ってしまったと言うのはだれだ？
みんな変わらぬ仲間として
私たちとともにいる
行進はいままでになく力強く
喜びに満ちている
私たちの友情もゆるぎない

その体はあなたではない
あなたは無限のいのち
生まれたこともなく　死ぬこともない
私たちはいつも喜びをともにする
これからもそれは変わらない

いま　私たちにはあなたが見える

この手の中にあなたの手を包む
私のこの体はあらゆる種族とひとつだ
アルフレッド！
私たちにはあなたの真の体が見える
あなたのすばらしい笑顔が見える
一緒にシャドークリフのマグノリアの花を眺めよう

――この詩は、アルフレッド・ハスラーと彼の家族に向けて書き、一九九一年六月、ニューヨークの友和会におけるアルフレッドの告別式にて朗読された。

詩の松明はいまも輝く

詩の松明はいまも輝いている
今宵天上の宮殿で
彼がみずからの体をふたたび纏うころ
彼の詩の魂は
人間の世界でまだ転生の途上にある
彼の力強い筆使いは
まるでプラムの枝のよう
だれにも止めることはかなわない
そして彼の詩の松明は
人類の歴史に永遠に輝き続ける

「生きるべきか　死ぬべきか」
――問いは洋上の霧のよう
けれど彼の帰還の道は
すでに水平にはっきりと見えている
目覚めの中から　またはまどろみの中から
どこから歌が生まれるにしろ
それは同じリュートが奏でたもの
彼の勇気の炎は
悲しみの夜の帳を引き上げることができる

詩は広々とした大空に昇っていく
雪のごとき白い鳩になって
満潮の響きは
あらゆる方へこだまする
彼は蝶となり　または人となって
好きな夢の中へ自由に入っていけるのだ

太平洋がその力強い歌を歌いつづけるように
巨大な魚の血統は　これからも生きのびていく

――この詩は、ブ・ホァン・チェンが死んだ後に書かれた。彼の勇気をたたえた力強い詩は、一九六三年から一九七六年にかけての戦争の中で、ベトナムの仏教徒による宗教差別に対する非暴力闘争を大いに力づけた。

自由な白雲

覚えている
君がまだ白い雲で
自由に行きたいところへ
漂っていたころを

そのころぼくはせせらぎで
気ままに流れを下りながら
大海原への道をたどっていた

君は　遥かな山の頂(いただき)の
松の歌に耳を傾けていた

ぼくは絶えることなき波また波の
白く泡立つ突端で
登ったり降りたり
潜ったり出たりをくりかえす

世界中の人間の苦の深さと
人の涙の川を目にし
君は雨に姿を変えた
冬のあいだ毎晩
しずくは滴(したた)りつづけた
白い雲が全天を覆(おお)い
その暗さに太陽は苦悩した

君はぼくを呼び戻し
呼びかけた
ぼくの手をとり

一緒に激しい嵐を起こそうと

大草原の花や山地の草でさえ
不正の痛みにうめくとき
ぼくらは闘わずにはいられない

君はその崇高な腕を振り上げ
抑圧の鎖を解き放とうと決意した

戦争と暗闇がすべてを包みこんだ
黒々とした銃身は——暴力の極み
骨は積まれて山となり
血は流れて川となる

その両手が砕かれてもなお
友よ　鎖は解かれなかった

ぼくは　雷を君のそばまで引き戻す
そしてともに暴力に立ち向かうと決めた

勇気にあふれた君は
夜の闇の真っただ中で
獅子王に姿を変え
力強い雄叫(おたけ)びを上げた
霧の濃い夜
何万もの邪悪な霊が
その叫びを耳にして
恐れのあまり震えあがった

でも君は恐れることなく
行く手に次々仕掛けられる
罠(わな)や危機にも

決して尻込まなかった
君はおだやかに暴力を見つめた
まるで何も起こっていないかのように

生と死の正体は何だろう?
生と死がぼくたちを抑えつけられるだろうか?

君は微笑みながらぼくの名を呼んだ

どんな拘束や責苦を受けようと
君はうめきのひとつも漏らさなかった

君はもう自由だ
君の真の体を鎖もしばることはできない
君はいのちへと帰り　白雲になった
むかしと同じように——

白い雲
まったく自由に
広大な空のなかで

来ることも去ることも――
君しだい
会いたければ　歩みを止めるだけでいい

ぼくはといえば
まだ波の突端で
君のために
この叙事詩を歌っている

――この詩は、私の知る限りもっともすばらしい僧のひとりであったティク・ティエン・ミンのために書かれた。彼は一九四九年から一九七四年まで、ベトナムの仏教徒のためにつくした。

チュー政権のあいだに、彼の人生はさまざまな試練を受けた。政権下で十年間の苦役を受け、一九七五年に交代した共産政権下の一九七八年十月には、再教育キャンプに収容された。彼は、獄中の拷問によって殺害された。その三日後、フランスで私は電報を受け取り、次の日にパリのマスコミの記事にするために一晩中かかって彼についての文章を綴った。その後、この詩を書いたのだ。

東と西

表門の前を
駆け足で
川は流れる
幼いころの思い出のように
雲が浮かんでいる
裏庭では
芥子(からし)の花が燃え立ち
迷った蝶が舞っている

暖かな太陽のもと
彼の腕のなかに大空がある

それは彼の　そして私のもの
私の髪のなかに　グレープフルーツの花は開く
彼にとってはなじんだその香り

私の小さな手は　夜昼となく
書家の魂をなぞる
子どもたちの教育のために
筆を置いたその人を――
先祖からの川と山とが
私の両肩にある
ふたつの文化　東と西が
天秤(てんびん)棒を地面に置く
雄鶏が鳴くとき
枕越しに私の心はつぶやく
「あれは　もう夜明けなのか？」

冬のあいだじゅう
赤い熾火(おきび)はくすぶりつづけ
私たちの信仰を温める
彼は詩を歌にし
その声は　雪空に
あざやかに響いていく
未来にいのちを継ぐために
彼は漬物と米の食事をとる

丘に春が帰ってくるころ
空は澄んだ瞳のように青い
そして遠くのほうでは
青桐の花が勢いよく咲きはじめる
愛の世界の半分が
いまなかば開いている

――フェ・リェンに向けて書いた詩。

だれもいない道

ふるえる冷たい露の中で
湖の鏡がさざめく
冷え冷えとする夜明けに
あなたの足跡が
だれも踏まない草地の上に
つづいている

姫猩々椰子（ひめしょうじょうやし）の葉一枚も
ここには落ちていない
けれど
あの猛々しい廻（めぐ）りは終わり

温もりのある秋の魂が帰ってきた
小舟はその覆(おお)いの上に
月あかりを乗せて
古びた埠頭に戻る

――一九六六年作。これをはがきに書いて、シスター・チャンコンに送った。はがきが届いた日に、彼女は反戦文学を印刷し所持したかどで投獄された。

目覚めの果実の実り

若き私は
青いプラムの実
あなたの歯形が残された
歯形はいまも震えている
いつでも思い出す
いつまでも忘れない

あなたへの愛のあり方を知ってから
私の心の扉は
四方の風に向かって
開け放たれたまま

状況は変化を求めている
目覚めの果実はすでに熟し
扉はもう二度と閉じられない

炎が今世紀を焼き払った
山々に　多くの森に　焼け跡が残る
風が耳もとでうなっている
全天が吹雪の中で激しく振動する

冬の傷口はまだ癒えない
凍った刃(やいば)を懐かしみ
休みなく一晩中
苦悩に寝返りを打っている

孤児院の庭で会った君

君の哀しい目からは
孤独と苦しみが
あふれていた
ぼくを見たその目
君は顔をそむけ
手で埃（ほこり）まみれの地面に
いくつも円を描いていた

あえて聞くのはよそう
お父さん　お母さんはどこと
あえて君の傷を開くまい

ほんのわずかなあいだ
傍(かたわ)らに座り
ひとことふたこと話せればいい

幼い君たち
四つか五つ――
そのいのちの芽ぐみは
摘みとられ
押しつぶされた
残虐と　憎悪と　暴力で

なぜ　どうして?
私の世代が
怯えたこの時代が
責めを負わねばならないのか?

もう行かなければ
君をその貧しい中庭に残して
君はいつもの中庭に目を移し
指で描きはじめる
いくつも小さな円を
痛みの円を
埃まみれの地面の上に

私がハートを捨てるその日

褐色の肌をした私の兄弟が、飢えている。地獄がここにある。
私が用心していなかったので、あなたに自分のステーキをさらわれた。

黄色の肌をした私の兄弟は、極貧にあえいでいる。彼の小さな息子が、今朝学校で気を失った。サツマイモのかけらさえ口にしていなかったのだ。
私は地主による賃貸料の値上げを阻止するのに、かかり切りになっていた。あなたが会社に新式の機械を導入したので、私は仕事を失った。

黒い肌をした私の兄弟は、自分の子どもに食べさせられないのに、妻は子どもを産みつづける。「ああ、なぜこんなことが」「どうすればいいんだ?」と彼は言う。ミルクも、米も、ジャガイモもなく、女は赤子を道ばたに置き云り、心やさしいだれかが連れ帰ってくれるよう望みをかける。私は少しでも多く稼ぐために奮闘し、夜も昼も高い生活費と闘いつづけ、兄弟を助けにいく時間がつくれない。

白い肌をした私の兄弟は、三×八の掛け算を勉強する。彼は、家族と同じように食べたり寝たりする間がない。いらいらをつのらせて妻を殴り、子どもたちを脅かす。地獄がそこにある。課題が山積している。遠くの兄弟を助けるために、私たちはどうすればいい？

あなたは言う、「国家の利益のためには、発展を止めるわけにはいかない」と。私に仕事がないと知ったあなたは、遠国に売る爆弾や銃を製造する自社の部署を私にすすめた。子どもたちは飢え、妻が泣くので、私はもう少しで受け入れそうになった。けれど、あちらでは私たちの兄弟が食べ物を必要としている。どうして、彼らが殺し合うための爆弾や銃を送ることができるだろう？

私がぼんやりしていたので、あなたにステーキをさらわれた。私の怠慢のせいで、カラーテレビ、ムスタング、海辺の別荘までも持っていかれた。車やテレビを手に入れるなど造作もないこと、あなたはそう言い、点線の上に署名をして私のために働けと迫った。すでに私は、たくさんのものに縛られている。これ以上の迷路には入りこみたくない。あなたは私をどうかしていると言う。自分の殻も運べぬカタツムリの私が、ヒマラヤの山脈を肩に担（かつ）ごうとするなどありえないと。

わが兄弟が口にするはずだった穀物を、ステーキを生産するためにあなたは消費する。ステーキは積み上がり、いまや太陽を隠す高さになった。大切な人の顔もうかがえない。飢餓に苦しむウガンダの子どもたちを救えたかもしれない、あり余るほどの穀物が、ステーキの山に注がれる酒を造るために使われた。この地球には血が注がれているのに。兄弟のことを考えつづければ、それで問題が解決できるのだろうか？ 私がハートを取り去ることができたら、あなたに宣言しよう、その日が私の勝利の日だ。

――この詩は、世界中の兄弟姉妹たちに手を差しのべようと、まじめに考えている人びとに会った後で書いた。しかし彼らは、ステーキを食べたり酒を飲んだりと、日々の物事に忙殺されて、すぐそばにいる兄弟たちにさえ何もできていない。まして第三世界の人びとを助けるなど無理な話だ。

バビータ

私の腕にくるまった彼女は
両目を大きく見開いて
全身を震わせている
小さなうめきのようなその声
バビータは泣き声を張り上げない
前触れなく連れてこられた彼女
聖なる場所に収まるように
震えるこの手で
彼女の髪をなでる
彼女にはわからない言葉で囁(ささや)き
やさしくなだめようとする

少しずつ落ち着きはじめたバビータは
さらに鎮まり
安らかに
私の腕のなかで眠っている

友よ　私はこの腕に
すべての親をなくした二歳半の子どもたちを
迎え入れたい

親たちは革命に加わるために
彼女をここに置いていった
バビータは待てるだろう
母の乳なしに何か月も
埃(ほこり)だらけの土の上を這い
排泄物にまみれて遊び
よだれを地面にしたたらせながら

バビータはまだ幼い
バビータは待つことができる
革命が勝利するまで

——一九七五年に書いた詩。私はそのとき、インドの田舎にある、以前不可触選民だった仏教徒の村に滞在していた。

ボートピープル

今夜君たちは夜更かしをしている
ぼくにはわかる
外洋に出たボートピープルは
けっして眠ろうとはしないから
風のうなりが聞こえる
周囲は――
完璧な闇だ

昨日彼らは
自分たちの赤子や子どもの亡骸（なきがら）を
海に投げこんだ

流した涙で　またも
苦しみの大海はいっぱいになった
この瞬間　彼らの舟は
どのあたりを漂っているのか？

今夜君たちは夜更かしをしている
外洋に出たボートピープルには
人類が生き残っているかどうか
わからないから
彼らの孤独は
それほど深い

暗闇は大海とひとつになった
そして大海は　広大な砂漠だ
今夜君たちは一晩中眠らない

そして言語が
眠らぬ君たちにまとわりついてくる

——この詩は、一九七六年、シンガポールでの国際会議中に英語で書いた。

大海原に咲いた蓮の花

蓮の花が　大海原に咲いた
ひとりの赤子が波間に生まれた

この一月三十日の深夜
ローランド号の二百八十一人の人びとは
海面にまなざしを注ぎ
静かに祈りを捧げていた
八人からなるクルーが
マレーシアのティオマン島へと船を操る
タンクを満たす水も希望も持たずに

祈りの合間に
船腹をたたく波の音が聞こえる

月影は消え
星の光だけが
いま生まれようとする嬰児（みどりご）の
人生への道を照らす
船底では　波が銀色の頭を揺すっている

むき出しの甲板に横たわる母親に
生まれる子を迎える隠れ場はない
さ迷う船上の人びとのなかに
ひとり医師がいた
彼は立ち上がり
人びとに良き報せを告げる
生まれたばかりの赤子の泣き声が

風にさらわれていく
母親はかすかに微笑む
船長が叫ぶ
「われわれはいま　南へと進んでいる
この瞬間　船内の人数は二百八十二になった
ブッダと神に感謝しよう」
二百八十一人の人びとがいっせいに拍手した

船を陸地に結びつける小さなラジオが
良き報せを陸地へと運ぶ

人類はまだ存在しつづけているのだ
今夜　陸地の人びとは
ローランダ・ティ・グエンの誕生を知った

小さな人　あなたはどこからきたの?

そしてどこへいくの？
漂流する船を選んでやってきたのはなぜ？

彼女は何も問いかけない
でも私たちは答えなければならない
波の上に咲いた真夜中の小さな蓮の花を
大海の深みへと散らせる
情けのある者がこの世にいるだろうか？

兄弟よ　姉妹よ　教えてほしい
彼女をどこへ連れてゆけばいいのか？
助けてほしい

——一九七六年、ボートピープル支援の取り組みをしている最中、私たちが用意した船の中で赤ん坊が生まれた。この詩は、その報せを聞いて書いたもの。

陸を求める祈り

大海原の暴風に巻きこまれ
わが小さな船は漂う
果てることなき昼と夜のあいだで
われらは陸地を探し求める

われらは水泡
大洋に浮かぶ
われらは塵
果てなき空を漂う
われらの叫びは
風のうなりに飲まれていく

食べるものも飲むものもなく
子どもたちは疲れて横たわる
泣き声さえも枯れ果てて

どれだけ陸を求めても
追い払われ　憩える岸はない
幾度(いくたび)も打ち上げる悲痛な願いの信号に
止まる船は一隻もない
どれだけ多くの船が海に消え
どれだけ多くの家族が波に飲まれたのか？

主なるイエスよ　われらが肉の祈りが聞こえますか？
観世音菩薩よ　われらの声が聞こえますか？
わが同胞人間たちよ　死の深みから湧き出る
われらの声が耳に入らぬか？

おお　陸地よ
われらはあなたに渇(かわ)いている！

人間が寄り添ってくれることを祈る
陸地がその腕をわれらに差しのべてくれるよう祈る
今日　われらに望みがもたらされることを祈る
その　陸地から

――私たちの望みは、難民をオーストラリアかグアムに運ぶことだった。私たちは密かにことを進め、ローランド号をダーウィンに送りこもうとしていた。この詩は一九七七年の初めに書いたもので、フランス語と英語に翻訳された。難民が上陸する地のジャーナリストたちにメディアに掲載してもらい、入管が難民を海に送り返さぬよう働きかけるためだ。

輝く星よ、暗闇に祈ろう

船は消えた――
大洋の　桃色の夜明けに
私は浜辺に残り
砂地についた足跡を数えている
不安を胸に男たち女たちは
船を見送り
旅立つ男のために祈る
「海が鎮まり　空が荒れませんように」とつぶやく
風よ　彼らの祈りを運びたまえ
海上に彼らの祈りを運ぶ流れを与えたまえ

おお　苦しみよ
私の傍らにきて
空と雲とに睨みをきかせ
波と海に静かな微笑みを投げかける
船の水先案内人を見よ
彼が祈るのは　海と空の静けさでなく
二本の腕とひとつのハートのため

おお　苦しみよ
私の傍らにきて
その傲慢な高笑いを捨てよ
おまえのおかげで彼は
偉大さを実現するにちがいない
おまえなしには
彼はいつまでも彼という個人のままだった

祈ろう　闇がさらに深まりますように
無数のまたたく星たちよ！
日の出に私たちは
きらめく朝の光の流れが
山頂から奔(はし)り下るのを見るだろう

夜と昼は真逆だが
夜と昼は互いを産みだす

おお　無垢な幼子よ
おまえはこの傷だらけの世界に
新たに送りこまれる追放された魂なのか？

皺のよった額で
そんなふうに見つめないでほしい
おまえはここではまだ異邦人

桃色の夜明けの芳香の中で
微笑んでいる

笑ってごらん　幼子よ
月　雲　風たちは鎮まりかえり
安らいで　なにも傷つけることはない
微笑んで　小さな子よ
私にも無垢な幼少期があった
何も知らず　分別ももたなかった
私の声には耳をかさず
ありのままの好奇心と驚きに満ち
おまえがいたところに帰るがいい

いつの日かおまえが私を探し
そのとき私がいなければ
春のささやきに　でなければ滝のとどろきに

深く耳をすましてごらん
黄色の菊や
紫色の竹
白い雲
おだやかに澄みわたる月を
じっと見てごらん

みんな同じ物語を語っている
今日私は　さえずる鳥たちに話しかけた

小鳥よ　今朝おまえたちが聞く
あのすばらしい歌は
数え切れぬ生き物たちの苦しみから生まれた
空中に芳香を静かに放つ蓮の花は
泥の中から天へと伸びてゆく
私はここにいるよ　幼子よ

ずっと待っているよ

――一九五六年に書かれた詩。

私を本当の名前で呼んでください

明日には行ってしまうのかと　私に言わないで――
今日すでに　ここにやってきているのだから

深く見つめてほしい　一瞬ごとに私はここに着いている
春の枝先の芽ぐみとなり
出来立ての巣でさえずりはじめた
まだ羽根生えそろわぬ雛鳥となり
花芯に棲む芋虫や
石の中にひそむ宝石となって
私はいまもやってくる

笑い　そして泣くために
恐れ　そして望むために
この胸の鼓動は
生きとし生けるものすべての
生と死をきざむ

私は蜻蛉（かげろう）
川面（かわも）で脱皮しようとする
そして私は鳥
舞い降りてその蜻蛉を飲みこむところ

私は蛙
澄んだ池の水の中をのびのびと泳ぐ
そして私は草蛇
蛙をひと飲みしようと忍び寄る

私はウガンダの子ども
骨と皮ばかりになり　やせた両脚は竹の棒のよう
そして私は武器商人
ウガンダに死をもたらす兵器を売りつける

私は十二歳の少女
小さな舟で逃れる避難民
海賊に辱(はずかし)めを受けたあと
みずから海に身を投げた
そして私は海賊
私のハートはいまもなお
理解と愛を知ることがない

私は政治局員
大いなる権力をこの手ににぎる
そして私は強制収容所で

緩慢な死を迎えようとする男
「血の負債」を国民に払うため

私の喜びは春のよう
その暖かさで　世界中の花を開かせる
私の痛みは涙の川のよう
溢(あふ)れかえって　四つの海を満たす

私を本当の名前で呼んでください
私のすべての嘆きと笑いが
一度に聞こえるように
私の喜びと苦しみがひとつであると
わかるように

私を本当の名前で呼んでください
私が目覚め

このハートのとびらが開け放たれるように
慈悲という名のとびらが

――一九七八年、ボートピープル支援の仕事の中で書いた詩。オランダはアムステルダムの、ニコ・タイドマンが設立したコスモスセンターのリトリートで初めて朗読された。そこにはダニエル・ベリガンも臨席していた。

漁師と魚

あなたは漁師
大海原に網を引く
肌からは海のよい香り
その腕の筋肉が
巨大な太陽のもとで引きしまる

私は魚
きらめく鰭（ひれ）と鱗（うろこ）もつ
何千の仲間と一緒に網の中で
必死でもがく

私はいま　漁師の舟底で横たわり苦悶する
私を捕らえたのは　あなたが生きるそのためだ

あるとき　あなたはひとりの女
買いもの籠を下げて
市場の中を見てまわる
私の目は開いてはいるけれど
いのちはすでに絶えている
私の肉はまだ新鮮で
鰓(えら)も濃い赤色に染まっている

あなたは私を買って帰り
細かく刻んで鍋にほうりこむ
熱々のスープが
冬の夜の夕食時を待っている
安全な屋根のもと　あなたと子どもたちは

たっぷり食べて満たされる
だれも疑問を抱かない
私が何になったのか
形と空が同じ真実から出たならば
これが私なのか違うのか　だれが見分けがつくだろう

何億回もの生を経て
魚の私は川を泳ぎ
大海原をゆき
あらゆるところを旅してまわった
私の家はこの広がり　そしてこの宮殿
私の世界はサンゴや海生菌類に満ち
青や紫　あらゆる色に染まり
エメラルドのように輝きさえもする

幾百万もの仲間と一緒に浅瀬をよぎり

私はあちらこちらへ泳ぎまわった
あちらこちらへ
自由に　のびのびと
けれどすべての生を通して
私は瞑想につとめた
そうすれば何度
あなたの網に捕らわれようと
心安らかに
恨みも絶望も抱かず
死んでいくことができるから
私は知っている
いのちは死からなり
存在は非存在からなり
すべては互いに支え合い
あなたと私は
互いに含まれているということを

黄金の芥子畑を舞う蝶

十年のあいだ
家には美しい緑の畑があった
二十年のあいだ
わが家の茅葺き屋根に日は照りつづけた
母が出てきて呼んでいる
ぼくは台所の前の庭に駆けもどり
足を洗い
煉瓦(れんが)色の暖炉に手をかざして
夕飯ができるのを待っている
夜の帳(とばり)が
村に静かに降りてくるころ

この先どれだけ長く生きようと
ぼくは子どものままだろう
つい昨日のこと
庭先を舞いゆく黄金の蝶の群れを見た
芥子(からし)の葉の緑が
黄色の花の輝きとともに飛沫(しぶき)を上げていた

母さんも　姉さんも　ぼくのそばにいる
やさしい午後のそよ風は　ふたりの呼吸
遥かな未来の夢でなく
風を感じれば　いつでもふたりのやさしい歌が聞こえる
母さんから聞いた言葉はまるで昨日のことのよう
「いつか　みんな壊れてしまったと思ったら
心の奥に私がいるから探してごらん」

ぼくは帰ってきた
だれかが歌っている
古い門に手を触れ問いかける
「ぼくに何ができるだろう？」
風が答える
「微笑んでごらん　人生は奇跡
花になってごらん
幸せはレンガや石では作れない」

わかっている
互いに傷つけあうことは望まない
ぼくは昼も夜もあなたを探し求める
嵐の夜　木々も互いを探している
安心なさいと　稲妻の光は照らし出す
みんな互いのためにここにいるのだと

兄弟よ
壁際に咲く一輪の花になっておくれ
そのすばらしき存在に
ぼくがそばにいるから　離れないでほしい
故郷はいつもぼくらの心にある
子どものころのように
ぼくら一緒に歌おう

今朝目覚めて気づいた
お経本を枕にして寝ていたことに
働きものの蜂たちが激しく羽音をたてながら
世界を作り直そうとしているのが聞こえる
小さな友たちよ
それには何千回もの転生が必要かもしれない
本当はずっとむかし　世界は完成していたのだ
法輪はまわり続ける

ぼくたちを運びながら
兄弟よ　ぼくの手をとってほしい
ほらよくわかるだろう
何千もの転生　ぼくらずっと一緒だったことが

母さんの若々しい髪は長く伸びて
踵（かかと）まで届いていた
姉さんが干したドレスは
緑の庭先でいまも風にはためいている

かすかな風の吹く秋の朝
ぼくはたしかに裏庭に立っていた——
そこにはグアバの木があり
熟れたマンゴーの香りがして
足もとでは楓（かえで）の紅い葉が転げまわっていた
幼い子どもたちのように

川向こうから歌が聞こえる
つやつやした黄金の干草の俵（たわら）が
竹組みの橋を渡っていく
そのいい香り！

月が竹林に昇るとき
ぼくらは表門のそばで
一緒に祈る

夢の話じゃない
本当にあった美しい一日
その時に戻って
かくれんぼをしたくないかい？
いまみんなここにいる
明日もきっと一緒だろう

それが本当のこと
おいで　のどは渇いていないかい
一緒に歩いていこう
爽やかな水湧く泉のところまで

だれかが言う
神様は約束した
人間のために立ちあがり助けにきてくれると
ぼくらは遠いむかしから
手に手をとって歩いてきた
もしいま苦しむなら　それは
自分が葉っぱや花だったことを
忘れてしまっているからだ

菊の花が君に微笑みかける
セメントや砂に手を浸すのはやめよう

星たちは自分を牢獄に閉じこめない
花や鳥たちとともに歌おう
いまを精一杯に生きよう
瞳を覗きこめば
君がたしかに生きているとわかる
君の両手は菊の花のように美しい
その両手を
歯車や　鉤（かぎ）や　ロープに変えてはいけない

互いを愛さなければと無理しないで
自分自身でいればいい
ほかのだれかにならなくていい

もうひとつだけ　ぼくの証しを聞いてほしい
泉の音に耳をすますように

ぼくの言葉を聞いてほしい
それから母さんを連れてきて　会いたいから
姉さん　あなたのために歌いたい
あなたの髪が　母さんみたいに伸びるように

——この詩は一九六三年、ベトナム帰国直前にニューヨークで書きはじめた。ゴ・ディエム政権の失脚後、僧侶の仲間が私にコロンビア大学を辞して祖国再建のために働いてほしいと頼んできた。帰国後私は、国の再建と「非‐行動」として知られる行動について書いたこの詩を完成させた。自分の〈あり方〉を知る者は、すべてを行動であらわさなくてもいい。喜ぶこと、歌うことをやめれば、牢獄にいるのと同じだ。空の星は、けっして自分に牢獄は作らない。

古いページを開きに帰ってきた

私の突然の帰還を　私はひとりで迎える
人生の基準点はすでに視界から消えた
昨晩の夢は幻の映像にあふれていた
風や雨を遮断してくれる壁が
暖かな居場所を囲う
揺らめくろうそくの火を見つめれば
大晦日の香（こう）のかおりが思われる
雨が降っている
家の中では夕食が用意されている
置かれた幾枚かのコリアンダーの葉が
故国のかたちを思わせる

真昼の嵐が
国境線をみんな吹き飛ばし
すべてが明らかになる
今日の太陽は　昨日の太陽と同じなのか？

鳥の影が
紫色の夕暮れに浮き立つ
ふたつの時間の終わりが重なり
穏やかに私を新たな始まりへと促す
空間をまるごと包もうとする
夜の帳(とばり)が
突如として枝垂(しだ)れ柳になる
雲が互いに呼び交わしながら
山頂に集まってくる

私は帰ってきた

古いページを開くために
燃え盛る太陽がすべての証明書を焼きつくした
上っ面だけのマントラは
効力を持たぬことが明らかだ
風は激しく吹いている
あの空の果てに
見慣れぬ鳥たちが羽ばたいている
私はどこにいるのだろう？
記憶に思いをこらす
私の本当の家は　緑の丘のある幼少期
赤紫蘇(あかじそ)の葉に
すっかり深まった秋が見える
小道を踏む君の小さな足は
若葉の上の朝露のしずくのよう
君に送った何通もの手紙は
連なる教会の鐘のようだ

芥子種（からし）の中に
花で満ちた黄金の空がある
私は合掌し
ハートの中で
一輪の花をみごとに開かせる

いつも同じ心で

星と月が澄んだ夜空に見事にかかっている
柳の入り江はいまも緑に
そよ風になびくテュエットンの木々は変わらず優美だ
故郷はなつかしいけれど
いまは丘の上の梅の花が
ぼくらをやさしく迎えてくれる
豪奢(ごうしゃ)な植物たちが
幾多の丘を生き生きと彩り
月に力を与える
かぼちゃの苗は花をつけはじめ
前庭では子どもたちが

陽を浴びながら遊んでいる
ぼくらは本を作り　それを郵送する
暮らしは質素だけれど
毎日が祝祭のようだ

故郷からの知らせには落胆させられた
寺院の鐘を鳴らす許可は下りなかった
親のないまま多くの子どもたちがほうっておかれ
大勢の大人が再教育キャンプへ送りこまれた
物書きや技術家たちは沈黙に閉じこもり
子どもを含めたくさんのボート難民が
シャム湾に沈んだ

愛はみずからを表す道を懸命に探している
私たちに何ができるだろう?
援助の用意はできている

準備は整っているのだ
あとは何ができるだろう？
答えは必ずやってくる
混乱のさなかにも
確信をもち落ち着きを忘れないなら

太陽光は丘を引き立たせるように照らす
桜の花は同じように愛らしく
月と星は澄んだ夜空にまだ見事に見えている
柳はあいかわらず緑に
なびくテュエットンの木々は優美だ

村の子ども時代

ビンロウ樹の花の
手招きする歌が聞こえる
午後遅く傾いていく太陽が
目覚めの鼓動のなかへと溶けこんでいく
大気は変容し
白い鳥の羽のなかへと織りこまれる
木霊(こだま)が川岸の
古い船着場から漂ってくる
夕暮れに巻き起こる風が
絹の白いドレスをはためかせる
椋鳥(むくどり)が

空をよぎる黒い橋を渡っていく
砂州に茂る葦は流れを撫(な)でている
水牛の仔が日没を追いかける
牡牛の角笛が鳴り夜を呼び集める
露が降り
煙は昇る
垂れた茅葺きの軒下のあちらこちらに
炎がともり
夕餉(ゆうげ)の時を告げている
帰っておいでと
外に出て君の名を呼ぶ
けれどそこには
吹き溜まりもつれあった
空虚のベールがあるばかり

——故郷をなつかしんで。パリで書いたこの詩は、唯一タイプライターで紡がれたもの。

ふるさと

わがふるさとはここだ
バナナ園と　竹林と　川のそばにオーツ麦
足もとの地面は埃(ほこり)まみれ
でも顔を上げるたびに
いつも見事な星たちが目に入る

不去不来のうた

家を出たとき　まだ子どもだった
老人になって私は戻ってきた
村人たちの訛り(なま)はあのころと同じだが
私の髪と髭(ひげ)はすっかり白くなった
子どもたちには私がだれかわからない
互いに顔を見合わせ　くすくす笑いして
「どこからきたのおじいさん?」

〝どこからきたのおじいさん?〟
「みんなと同じところだよ
でもみんなは　私がここで生まれたことを知らないね」

今朝私は　真っ白なこの髭をなでつける
木の枝の若葉はみずみずしい緑色
葉っぱたちには見えない
ずっと昔この土に根を下ろした種と
自分たちとのつながりが
村人たちの言葉はあのころと同じ訛り
でも長い月日がたち　村は君たちの村になった
子どもたちの戸惑いの目には
私は知らない土地からきた年老いたよその人
来るのか　去るのか
旅立つのか　帰るのか――
放浪者でない者などこの世にいるだろうか？

〝どこからきたのおじいさん？〟
君たちには見えない　そのはずだ
この村でかつて覚えた古い歌を歌っても

私はよそ者にしか見えないだろう
「これは私の村だ」と話しても
みんな目をキラキラさせて笑うばかり
子どもらが「面白いお話だね」というのを聞いて
私も一緒に笑うばかり

竹林　川岸　集会場――
みんなまだここにある
すべては変わったが　何ひとつ変わってはいない
新しい筍(たけのこ)　新しい赤い瓦屋根
新しい小道
新しく生まれた子ども――
私はなぜ帰ってきたのだろう？
わからない

過去の記憶がつきまとう

旅人には
去る土地も帰るべき土地もない
三界(さんがい)を旅する探求者とは　何者か？

前世に戻ったかのように——
サツマイモ　蕪(かぶ)　干草と作業小屋がある——
わが村に帰ってきた
けれどかつて一緒に働き歌った私は
ここにいる人たちには　すでに見知らぬ人間
どこも子どもたちにあふれ
赤い瓦屋根と
細道が走る——
過去と未来は互いを見つめる
ふたつの岸辺は突如としてひとつになる
帰り道は次なる旅へと続く

――この詩は一九六七年初めに、ハイデルベルグ城を訪ねた後に書いた。そこに行ったのは初めてだったが、かつて来たことがあるという確かな実感があった。詩の形式は、中国の唐代の詩人たちの四行詩に感化されている。「家を出たとき、まだ子どもだった。私は白髪と白髭になり戻ってきた。村人たちの訛りはあのころと同じだが。子どもたちには、私がだれかわからない。みんなが笑いながら聞く、〝どこからきたのおじいさん？〟」

この詩は、不来不去をあらわしている。「帰り道は次なる旅へと続く」の一行は、弟子のナット・チー・マイに捧げた戯曲のタイトルでもある。彼女は、ベトナムの平和と和解のために使命を帯びて働き、命を奪われた社会奉仕青年団の四人の仲間のために、自らの身を焼いて捧げた。

ブッダの別名のひとつに、真如（究極の真実）から現れ真如へと帰る如来がある。金剛般若経の中にその名の由来が記されており、それによれば如来とは「どこにもない場所からやってきて、どこにもない場所へと帰っていく者」を意味する。「三界」とは、欲界、色界、無色界のこと。三界から解放された者は、解脱者と呼ばれる。

生と死、過去と未来などは、ふつう対立する概念であり、現実的には一致しない。しかしそれは真理ではない。「ふたつの岸辺は突如としてひとつになる」、かつて私は死によって、ふたつの岸（此岸と彼岸）は分かたれると思っていた。人が亡くなると、彼は越えることができない川によって、愛する人びとから引き裂かれる。しかし、実際そうなのだろうか？　ふたつの岸を隔てる川はあっても、船を使うことは可能だ。「過去と未来が互いを見つめ」、両岸が互いを見つめるとき、それぞれの目には相手が映っている。

ベトナムでは、老人を大切にする者は長生きできると言い伝えられている。さもなくば若死にすると。ベトナムの家では、三世代が一緒に住むのが普通であり、四世代のこともある。老人たちは孫の面倒を見る。童話を語り聞かせるのも祖父母の役割だ。老人と子どもは互いを必要としている。老人たちは、ふたたび子どものようになる。彼らが一緒に遊ぶのは自然なことだ。若い夫婦はむしろ未来に目を向ける。年老いた両親を幼い子どもとして考えることもある。そのとき両親への愛は子どもへの愛に似る。

こうした事実は、詩の理解への一助となるだろう。

存在

夜のこと
雨が激しく屋根をたたく
洪水の大地に
魂が目を覚ます――
嵐の海が吠えている
そして通りすぎる

その一瞬のあいだに
線と形を変えて
すばやく走り去る
目にもとまらぬ速さで

つかの間の一瞬が暗転し
憂うつが降りかかろうとするとき
静かな雨音のなかで
笑い声がはじける

——一九六五年、サイゴンで書いた詩。豪雨の中だった。あまりに多くの殺戮と死、破壊があった。それでもある瞬間には、雨音の合間に笑い声を聞くことができた。

小さな星

どこへ行っていたの？　小さな星よ
君のありかをずっと探し続けていたよ
この窓の外　黒雲のあいだに
いままでどこにいたの？
ぼくはとても寂しかった
霧の深い島に迷う小鳥のように

幾晩も雨が降り続いている
町は寒々として人気もない
昨夜遅く歩道の上に
びしょ濡れの寂しい人影を見た

古代の詩人のように
山積みになった本に頭をもたれて
ぼくは心の内奥から
君の面影を呼び出そうとした
外では雨と風が暴れ続けていた

今宵頭を両手で抱え
机上に伏せるぼくは
雲がきれいに風で吹き飛ばされた空を
思い描けない
空が晴れ上がったあと
雨は　君の訪れを待つのをやめた
ぼくは窓越しに君を目にして驚いた
帰ってきたんだ

ぼくの小さな星
君はどんな嵐も　雨も　風も乗り越えた
どこへ行っていたの？
どれだけ長く　どんな知らない場所で
君は泣いていたの？
いま　君は帰ってきた
窓からぼくを覗きこむその目は
驚きに見開かれたままだ
こんな嵐の季節に　どこへ行っていたの？
君の小さな体は幾多の風に翻弄され
いまも寒さに震えている
クリスタルのコップの底に安らぎ
涙をたたえ君は思い起こす
「今日天の王国が
何千もの星のために
盛大なお祝いをしました

空は晴れわたり
雲は残らず吹き払われて
私は王国に昇っていき
祖国のために跪(ひざまず)き祈りました
私たちの貧しいこの国の
苦しみ　殺し合い
洪水や火災の惨事　残虐さが
終わりを告げますようにと」

君の声は何百万もの星に届き
すべての星を空中で震える美しい涙に変えた
一万の小さな星たちに
私は感謝を送る
その金剛石のように強靭な信仰に
君たちは　意識の広大な王国の中で
輝きながら咲く花のようだ

ぼくの小さな星よ　君は戻ってきた
目に涙あふれ
君の名を呼ぶぼくの胸には
温かさが広がる

涅槃の章

巨鳥の羽音

古(いにしえ)の道
彼の足跡——
時間の香りは菫(すみれ)の香りと異なり
時間の色彩は空の色と異なる

ゆく手に舞う塵(ちり)
険しき岩は苔むし
古き森は煤(すす)け——
時は止まったまま流れず
無限は濃縮され——
頭上にすぎゆくは轟く羽音

開く　または閉じる力
彼の手の中にこそ力が見いだせる
放浪者を出発地に戻してあげよう
気づけば今日私は
ひとりでこの十字路にいた
その場が示す
開くことと閉じること
登ることと降りること

衝撃の一瞬
歳月の木霊（こだま）が
歩みの音が
今に響きわたり
私を揺さぶり
目覚めさせる

――老師道徳経には、「開くもの、そして閉じるもの、それが道だ」という言葉があある。この詩は、「お辞儀」と一緒に書かれた。

ゆく手をはばむ美しき春

冬がゆっくりと密やかに退(しりぞ)くのを待ち
春はゆっくりと密やかに近づいてくる
午後の山は望郷の色に染まる
凄惨(せいさん)な戦争の花が
その足跡を残す——
あとには夥(おびただ)しい分裂と死の花びらが
白や紫に散る
わがハートの奥底で傷口がそっと開く
その色は血の色　分裂を示す傷口だ
美しき春がゆく手をはばむ

このほかに山頂に続く道はあるだろうか?

大いなる苦にわが魂は凍りつく
ハートは　嵐の夜に置きざりにされた
リュートの細い弦のように震える
そう　今ここに
たしかに春はきている
けれど悲嘆の声が
まぎれもなくはっきりと
鳥たちの美しい囀(さえず)りの中に聞こえる
もう朝靄(あさもや)がたっている
春風はその歌のなかで
わが愛と絶望をともに歌う
世界はまったく無関心だ　なぜ?
私は波止場にひとりやってきた
そしていま　ひとりで発つところ

故郷へと続く道はあまりに多い
だれもが沈黙で私に語りかける
私は確かなものを祈り求める
春はあらゆる方角の
どんなところにもやってくる
春の歌は　ああ　それだけが
出発の歌なのだ

——一九五一年、私はある尼僧と恋に落ちた。その後、二十四時間以内に書いた詩。高原にある美しいカウ・ダット村のビエン・ジャック寺院の大晦日のこと。彼女はそのとき二十歳。私たちは出家であり続けることを望んでいたので、互いに離れることにした。困難な選択だった。幸運なことに、私には慈愛深い理解のあるサンガがあったので、そうすることができた。

それから四十一年後、「大乗によるヴィパッサナー瞑想」をテーマにした二十一日間のリトリートのときに、私はこのラブストーリーを語った。

留め金をはずす

だれひとりいない浜
砂地の足跡を
雨が消し去る――
いずこから来たこの苦悩
その足はまだ　地に触れていない

突然聞く　遠方からの
春のそよ風のささやきを
するとわが苦悩は
消え去る

――数回呼吸に意識を向ければ、不安な気持ちは変容できる。不安とは、私に降り立とうとする雲のようなもの。息を吸い、吐くとき、不安は消える。

静寂

古い本のページを繰るとき
紙からいい匂いが立ちのぼる
コップの水が
クリスタルの目で私に微笑む
突然大海原からの波が
泡を乗せた頭を次々と繰り出し
迫ってくる
風が激しく吹きすさぶ
遠くの山に向かって
冷え冷えとした石が
霧を呼び集める

私は目を覚ます
夜更けの草の葉からこぼれた露が
舌先を凍えさせる
稲妻が
剣の刃（やいば）のようにひらめく
嵐の前触れだろうか
雲が勢いよくせり上がる
東の方角から急（せ）かすように
警笛の呼ぶ音が聞こえる

以前しまった椰子の葉の
雨具はどこだろう?
風が木の葉を追いかける
あなたの絵筆の線描は
茶色

あなたの腕の色と同じ
田に染みこんだ汗の色

その瞬間この星は
未知の空間へと迷いこんだ
巨大な鳥が
大気圏外で翼を打ち振る
宇宙の櫂（かい）が
飛沫（しぶき）を上げる
宇宙が炸裂する

太陽は
海原のただ中で
浮き沈みしながらもがいている
赤い眼球をぎょろつかせた
巨大な魚のように

私の望遠レンズは
先史時代の画像を捉えようとしている
ほら！　扉の錠が今はずされた
未来が解き放たれたのだ
何世ものあいだ
その扉は未来の逃走をはばんできた

今朝森へと向かう道で
鳥の鳴き声を聞きながら
あなたがそこに居るのを知った
自由に　解放されて　緑の小道に
宇宙に向かって手を振る
芽吹き　花々　小さな葉たち
その手
音の世界を指揮する
才能に恵まれた芸術家の指揮棒を握る手

すべての音がこの一点に帰る
大いなる沈黙に
この一点に
大いなる空(くう)に

光が強すぎる——
今人生が始まったばかりの赤ん坊には
光が強すぎる
私には見える
祖母が
頭のうしろで玉ねぎのかたちに
髪を束ねた姿が見える
祖母は竹の葉を掃いている
それを掃き寄せて積み上げ
火をつける
煙が立ち昇り

空を温める
ブッダが薄雲の向こうで微笑んでいる
今宵は　満月だ

四月

四月が帰ってきた
大聖堂の柱のごとく
立ち並ぶ木々のあいだに
慈悲は雨のよう
山や森からやってくる
母の慈愛の手　そのすばらしき手が
春の暖かさと光で
ぼくらが帰る場所をととのえている
ぼくが生まれたその日
見慣れない鳥たちがあらゆる方角から飛んできて
歌っていた

◉アンケートにご協力ください

・ご購入書籍名

・本書を何でお知りになりましたか

□書　店　□知人からの紹介　□その他（　　　　　　　　）

□広告・書評（新聞・雑誌名：　　　　　　　　）

・本書のご購入先　□書　店　□インターネット　□その他

（書店名等：　　　　　　　　）

・本書の感想をお聞かせください

＊ご協力ありがとうございました。このカードの情報は出版企画の参考資料、また小社からの新刊案内等の目的以外には一切使用いたしません。

◉ご注文書（小社より直送する場合は送料1回290円がかかります）

書　名	冊　数

POST CARD

恐れいりますが
切手をお貼り
ください

113-0033

東京都文京区本郷
2 - 5 -12

野草社

読者カード係 行

<table>
<tr><td>ふりがな</td><td></td><td>年齢</td><td>歳</td></tr>
<tr><td rowspan="2">お名前</td><td rowspan="2"></td><td>性別</td><td>女 ・ 男</td></tr>
<tr><td>職業</td><td></td></tr>
<tr><td>ご住所</td><td colspan="3">〒
都道府県　区市郡</td></tr>
<tr><td>お電話番号</td><td colspan="3">－　－</td></tr>
</table>

ぼくはあどけない小鹿のように
真っ青な空を見上げ
澄んだ水と若葉を見た
そして土の深いところから芽吹こうとする
すべてのいのちに触れることを学んだ

森が新しいドレスを着ようとしている
小鹿が水に映った自分の姿を見つめている
小鹿は　いのちの樹液が湧きあがるとともに
遠くから吹き寄せる風のささやきに耳をすまし
あらゆる芽吹きの歌声を聞く
ぼくの故国は熱帯雨林の中
太古の木々がひしめき合いながら
上へ上へと伸び上がろうと競っている

光の流れが木々に注ぐたび

密林の芳香が空へと立ち昇る
天では　白雲が森を守るように流れている
森があり
草地があって
水の流れが大地を洗い清めている

大地と空がぼくをこの世に送った瞬間
鳥たちは音楽を捧げ
木々は良い香りを放ってくれた

大人になったぼくにとって
音楽はいま泉のせせらぎだ
二日目のこと
鹿はせせらぎの近くまできて
耳をこらす
樹液は力強く流れ　ためらいがちな芽吹きに

早く花をつけるのを急かす
すでに　三日目になっていた
花はもうすぐ開こうとしている
か弱い花びらの上に
太陽が喜びを運ぶ
四日目がきた
桜の花が祝祭を始める
四月の歌の響きに　不思議な変化が混じりあう
五日目　夜明けが驚きを連れてくる
森は芳香に目を覚ます
突如として　森の中央にあなたが現れる
あなたは一歩一歩　ぼくらを驚かせないように歩む
鹿があなたの姿に目をみはる
一瞬の奇跡によって　あなたは小さな花に姿を変える
そして母なる大地の上に咲く

太陽が昇った
小さな花びらの一枚が露を乗せ
太陽をまねて輝きだす
森はあなたの存在に気づかないかのよう
すでに不死の歌を歌い始めたあなたのことを
あなたの歌は深き森の厳粛な大気の中で
永遠(とわ)の昔から響き続けていたのかもしれない
小鹿は何が現れたのか探し続けている
けれど　新たに何かが森にやってきたようには見えない
あなたが密林の深みに迷いこんだようには思えない
その歌がすばらしい調和を保ち
春という季節の音楽と響き合っているので
小さな花も　生まれたときから
ずっと母なる地球と一緒にいたように見える
小鳥は左右に頭を打ち振りあなたに向いて
澄んだ宝石の連なりを投げてよこす

すべての存在がこの音楽祭に加わっている——
鳥たち　花々　木々や小川
歌をやめてたずねるものは何ひとつない
「いつここに来て一緒に歌い始めたの?」と

あなたの存在こそ　おお　深い森の小さな花よ!
森のすべての連なりの中にいて
あなたは始めと終わりを知らない
あなたは生まれたことがない　いま現れたのだ
密林はいま　すべての新しいドレスをまとい終えた

十日目に　ふたりの子どもが現れた
どこから来たのかわからない
子どもたちは草原を駆け抜け　小鳥のように呼び交わした
それから　森の入り口で立ち止まる
太陽の光がバイオリンのような音色を奏でる

「四月が来たね」と　年上の子が
年下の子に耳打ちをする
とても大切な何かを見つけたみたいに
ふたりは手をとり合って　耳をすませる
そう　あれは春の永遠の歌
子どもたちは顔を見合わせる
「四月が森にやってきたね」
今度は　年下の子が
年上の子にささやく

陽光はとても暖かい
突然　小鹿が森の入り口に現れた
密林の奥に咲く無数の花から流れてくる香りに
その両足が触れる
ひと群れの蝶が引き寄せられて
小鹿の近くまで舞ってくる

太陽光はバイオリンを奏で続けている
せせらぎは草原をひたしてやさしく流れゆく
けれど鹿と子どもたちの姿はもう見えない
バイオリンの音のもとを探して
深い森の奥へと消えた

突然　恐ろしい破裂音が起こる
鉄の鳥の群れがやってきた
炎が草原に　せせらぎに　密林にまき散らされる
雲は散り散りとなり　音楽は吹き飛ばされた
すべての木々の歌は止んだ
花は花びらを折りたたみ　芳香は消え去った
水は空を映さなくなり　鳥たちは真夜中のようにおし黙った

しかしとうとう　鉄の鳥はいなくなった
木々のあいだに平和が戻ってきた

森は微笑みを取り戻し
演奏がふたたび始まる
まるで中断などなかったかのように
良き知らせが葉から葉へと伝えられる
すべての声は美しく響く
小鹿と子どもが小さな菫（すみれ）を見つけた
（ずっと歌をやめなかったその花）

年下の子が鹿の頭を両腕で抱きしめ
年上の子はその子をやさしく撫でる
すべてのものみなが
言いつくせぬ永遠（とわ）の存在の歌に加わる
遠くで太陽光がバイオリンを奏でている
四月が森を満たす
小さなせせらぎの水が
密やかに土の中に吸いこまれていく

無数の花が
緑の原に咲きはじめた

太陽を追いかける水牛の仔

雲間のどこかで

今度こそ、若い沙弥(しゃみ)は、師がどこへ行ってしまったのか本当にわからなくなった。確かなことがある。早朝、師ははるか山の上のほうまで薬草を採りに向かった。または、松の若木の頂上にぶら下がる雲のいくひらかを集めにいったのだ。

「沙弥よ、おまえはなぜ客人を庵に招き入れ、おいしい茶の一杯でも振る舞わないのか?」

「立派なお客人、師は薬草を採りに山へ行ったきりなのです。まもなく戻って来るでしょう」

「師が戻ってくるまでのあいだ、客に茶を振る舞いなさい。なぜこんなに長く戸口で待たせておくのか？　霧は深く、衣がずぶぬれだ。見えないのかね？」

「お客人、お急ぎでないなら、師を山まで探しに行かせてください。厚い雲の中でも、口のまわりを手で覆えば声をあげられます。『先生、どこですか？　探しています。お客人がお待ちです』と」

「沙弥よ、心配はいらぬ。差し支えぬなら、自分で適当にやっているから。私の望みは、腰を降ろし、茶を一服し、霧に包まれた山や森を眺めることだ。師を煩わせることもない。戻りたいときに、戻ってこられるだろう。待つのは少しもかまわない」


庵に至る小道の入り口に、二本の大きな松の木が立っている。客人は、深くもの思いに沈んでいた。「これは四つの谷の九龍山ではないだろうか？　今朝私は考えたはずだ。師に会うためにこの小屋まで登ってくるのはやめ、心の中を探索しようと。私は生死の輪廻を何千回もさ迷い続けた頑固な子どもだ。しかしもう、両親のもとへ戻りたくてしかたない。強い怒りと情けなさのあまり、私の心は何世ものあいだ泣き続けた。沙弥よ、今朝おまえの目を見たからだろうか、気持ちが安らいだ。私はうろたえたが、やさしく励ますようなおまえの目が、私の心を明るく照らしたのだ」

客人はそう言うと、冷え冷えとした本堂の石の床に額を押し当ててひれ伏した。

「とうとう着いた」、彼は続ける。「私は帰ってきた。放蕩息子の身は終わった。いま、生まれなおしたのだ。今日はわが復活の日。たくさんの花と木の葉が見ていてくれる。ここに帰ってきた。おまえに深く感謝する。限りなく祝福に満ちたその愛に。まわりはどこも雲だらけだが、ここでこそ、おまえと私の顔がよく見える」

庵は山の中腹にしがみついていた。その裏から、何本も細道が伸びている。上を仰げば、雲間に隠れるように、時の初めから守護してきたかのように山頂がそそり立つ。午後になるといつも、雲が山頂にかぶり、温かく包みこむ。庵も雲の中で眠りにつくのだ。

花々や葉たちが耳を澄ませて聴くとき

フォン・ボイ——香しき椰子の葉という名の僧院？　それはここだ。フォン・ボイは、早朝から良い香りが立ちこめる茶園に囲まれた森の名前。薫り高く苦みがあり、すっきりと爽やかな若木の葉の味見をするために、丘のふもとまで五人が歩いていく。細い小道が招く。道の両脇で、葉たちが耳を澄ませる。どの葉も、どの花も、一つひとつが耳だ。高く伸びあがった深紫のジギタリスも、耳を澄ませて確かめようとしている。その葉は広げた手だ。そんなに熱心に何を聴こうとしているのだろう？　詩人のように話しながら通り過ぎる人の言葉？　彼らが表すのは、何千回の過去世を経ても変わらぬ深い感情だ。

丘をやさしく撫でる風、四月の若草、夏のせせらぎのつぶやき、山頂を包む光輪、鳥たちのおしゃべり、葦の歌、すべては同じ言葉なのだろうか？　緑の葦と黄色の花は魂の反映だ。雲になかば隠れた月もまた、すばらしき存在の顕現だ。

親しき友よ、よく耳を澄ませてごらん。これら通り過ぎる存在は、互いに話しかけるおまえたちと同じく、荘厳なこの世界、大地と空のあいだに立っているのだ。彼らをしっかりと目にとめておこう。五、六人、さらに九人がともに歩いている。ときにはただひとりのときもある。通り過ぎるとき彼らは、その手で私たちをやさしく撫でていく。私たちを見る彼らの瞳は、何千もの火花で輝く。私たちは夢の中の幻ではない。ラベンダー、緑の植物、直線、曲線、近くまたは遠くの小道、五色の数々の星、バラ色の陽光の小さな花束、薄桃色の長い指。

それらを歓迎し、挨拶して私たちの中へと迎え入れた。彼らの手の平の中で私たちは大事にされ、惜しみない注目ともてなしを受けて安らぐ。私の大切な姉ユーカリよ、先にたくさん葉をつけた長い枝を差し伸べてください。そして大切な妹ユリよ、新しいつぼみよ、微笑んで！　いのちに満ちた朝。今朝という王国に、要らないものは何ひとつなく、余分なものもない。親しい太陽はまだここにいる。今日の午後、私はたぶん去るだろう。明日には、私の子どもたちが花開く。明日の花や葉は、永遠(とわ)にここにあるだろう。つまり私もつねにここにいるのだ。ともに彼らを支えよう。彼らは〝本願〟を立てたところだ。私はメッセージを受け取るとすぐに、よそへと手渡した。メッセージは葉から葉へ、枝から枝へと伝えられていく。

山頂の雲

メッセージは山頂まで届き、白い雲がそれを聞く。山上の枝や葉が手を振っている。いのちの大いなる本のページに記された願いは、月と星の記述に変わり、目をみはるような雲になって広がっていく。水しぶきが高く舞う。露の玉の網を捉える力を持つ者はだれ？

明日、雲はさらに厚くなり、雨に姿を変えるだろう。メッセージは五つの大陸と四つの海を走る。この朝、メッセージは、生まれ故郷ダイ・ラオの森にあるフォン・ボイ、香しき椰子の葉の名をもつ僧院に届くだろう。太古の森、子どもたちは柔らかな緑の草原で遊んでいる。メッセージは、夏の雨を浴びるメドフォードの森、ナー山の隠者の井戸、竹林精舎の偉大な尊師が住まうイェン・トゥ山の岩、どこまでも到達するだろう。

澄みきった黄昏時

唯一の驚くべき美の体現、それは黄昏（たそがれ）か？　ここにあるのは、霧と、雲と、川と、水の流れ、川岸の楓（かえで）、釣り船の上のオイルランプのまたたきばかり。それでも祖国が恋しくはない。

故郷に包まれ横たわる私は、雲を透かして山を見、山の向こうに雲を見る。丘の斜面に寝そべり、私は西の方角に目を凝らす。黄昏は晴れ渡った。私と同じように、空も大地も刻一刻変化していく。どの一瞬も荘厳ですばらしい。私は体を伸ばす、背中を丘のやわらかな布団にあずけて。そしてまどろむ。大いなる真実の中でいのちは歌う、すばらしき多面体の歌を。ひとつがすべてを包む。山頂は、私のうたた寝を見守ってくれる。

雲が山と出会う
ふたつはともに増えていく
過去も未来もすでに存在しない
今この瞬間がすべてを表す

私はふたたび腰をおろす
狩りの警笛にも　もう怯えない
うっとりするような草の香りが漂ってくる

月桂樹の葉

憶えているか、若い沙弥よ。その朝、私は太い月桂樹の木を見せたが、おまえは信じなかった。そんなに大きくなるはずがないと。私が葉の一枚を摘んで指で揉むと、良い香りが生まれ、おまえはそれを嗅いだ。そこでたしかに月桂樹だと信じたのだ。

それから、月桂樹、タイム、コリアンダー、ミント、パセリなど、故郷に豊富に見られる香草の数々を、私がどれほど愛しているか語った。また、川辺の茶の木やグアバの木も、変わった味と香りがするが、大好きだ。とても小さなグアバの葉は、特別で代えがたい芳香をもつ永遠の使者だ。

沙弥よ、もしもこれから先、私たちがはるか遠くの星へ行くことがあるとすれば、一枚の月桂樹の葉の香りが、この星、祖国、故郷への望郷の念を駆り立てることだろう。

今という瞬間の何と驚くべきことだろう！ 一枚一枚の葉こそ、味の、香りの、記憶の宇宙だ。どれもが霊の世界と俗世を体現している。葉の中には宇宙のすべてが含まれる。その啓示に、私たちはうち震え、深い献身に誘われる。その顕現の奇跡の前に頭を垂れる。これからはもう、小さきものを見逃すまい。葉、石、そして芳香を。

親しき友よ、おまえの声は他に比べられないおまえ自身のもの。思い出す、小さなカセットテープでその声を聞いた昔を。広大な輝かしい世界を開いて見せてくれた。独自の、過去と、現在と、未来を包む世界を。あるとき、おまえが山のふもとまで私に会いにくるという電話があったと、だれかから知らされた。電話という奇妙な人類の発明は、現象界の存在を延長しようとする。

ある種の驚くべき現象は、人類が永遠、真理、美や善を知ろうとする気持ちに応える。またあるものは故意に謎めき、私たちの思考や気持ちの網にはかからない。人類は、あまりに狭量で有限な心でしか宇宙を探求できずに、いつでも人を迎える用意のある八万の開いた扉（法門）が目に入らない。

沙弥よ、あの朝おまえは輝く目で私を見つめた。今、窓のように大きく開いたその目をふたたび覗きこむ私は、そこから驚くべき世界のビジョン、ありのままの世界（真如（しんにょ））を受けとる。わが子よ、おまえは鍵だ。おまえは黄色の花や紫の竹として現れた、宇宙全体の、究極の真実の身代わりだ。おまえを見つめると、そこに石が、一枚一枚の葉が、宇宙全体が見える。若い月桂樹の芽吹きに、私の真の家が見えるのだ。

ジュン・スワンの丘

木犀（もくせい）の花は、ジュン・スワン（陽の春）の丘でもっとも貴重な花だ。丘のほとんどは岩肌である。私たちの宗派の開祖は、一五〇年以上昔に最初の大僧院をここに開設された。あたりに自生する木犀はやせ細り、幹や枝は白茶けた苔でおおわれている。香りの良い白い花は小さな束になって咲き、細く尖ったひ弱な枝の間に窮屈そうにおさまる。

私がおまえと同じくらいの年だったころ、毎日午後三時になると、住職の老師様のお茶の時間に、二、三束木犀の花を摘んで持っていった。それが高位の僧に対する伝統的な礼だからだ。花々がいっせいに咲くことはめったにないが、どんな季節にも開花はとぎれなかった。枝にしがみついた花は乾き、黄変して、落ちた。

小さな花冠の奥には、濃い黄色の虫がひそんでいることがあった。砂粒ほどの小ささだ。私、沙弥のフン・スゥンは、白い紙の上で花を打ち振り、虫を振り落とそうとした。フン・スゥンという法名によって、私は宗派に結ばれている。「春に向かって歩む」という意味だ。私はそれから、小さな花束を左の手の平に置き、鼻に近づけて良い香りを吸いこむ。すてきなその香り！　最後にティーポットの中に入れ、何枚かのお茶の葉を加えて熱湯を注ぐ。

十二時ころ老師様は、お茶がテーブルに供されるのを待っている。師はまず、ほんの数滴を含んで舌を湿らせ、もうひとつの小ぶりな茶碗に茶を注ぎ、恭しく背後に佇(たたず)む沙弥に渡す。沙弥は師にお茶を出し、ともにいただく。弟子ことってこれほどの幸せがあろうか。

大僧院の午後は、いつも平和に満ちていた。老師様の居室を守るように建物に沿って並べられた長い水瓶の列の上に、大法堂が涼しい影を広げる。ラック・ニィア（友愛の喜び）の部屋に至る正面玄関は、いつも開かれていた。中庭の真ん中には、スターフルーツの木がその葉影を岩や池の上に投げかけている。ときおり黄色い葉が落下して、水面にそっと降り立つのだった。苔むす岩は時を越えて存在する。木からは大きく重い実が垂れ下がる。スターフルーツは、クワン・チャウのオレンジほどではないにしろ、とても甘いとだれもが言う。じつにスターフルーツはスターフルーツ以外ではなく、クワン・チャウのオレンジはクワン・チャウのオレンジなのだから。それぞれに驚くべき宇宙が含まれている。スターフルーツは、パリッとした食感が持ち味だ。新鮮で柔らかすぎず、水分もほどほどな果肉は、手や服を汚さずに楽しむことができる。甘味は他のどんな果実とも違い、オレンジとは似ても似つかない。その甘みはスターフルーツ独自のものだ。私の親しき友フン・スゥンは、微笑ましい人物であろう？

トゥ・クワン（慈しみの光）僧院に、トロン・アン（深い感謝）という名の僧侶がいた。とても人なつこい親切な好人物だ。彼は詩人でもあった。数人の仲間たちが彼の詩を暗記していた。筆名はトゥク・ジェプ、つまり竹の葉だ。毎年元旦に彼は、きまって大僧院の住職である老師様と沙弥フン・スゥンに会いに行く。訪問に感謝して、老師様はスターフルーツをふるまう。白い盆の上に皮むきと両端をカットするための小さなナイフを添えて。しかし彼は、指で割ってかじるのだ。ナイフを使って星形の輪切りにすることはしない。客人が帰るときになると、フン・スゥンはもうひとつスターフルーツを勧める。トゥ・クワン僧院のトロン・アンの部屋に飾れるような何枚かの葉を添えて。

茶を飲むときトロン・アンは、スターフルーツには口をつけない。

フトモモの木

午後三時ころになっても、太陽の光はまだ燃えるようだ。その暑さの中でも、道場ではマインドフルに作務が始まっている。キャッサバの芋畑で、牧場で、崖や書庫で。椰子（やし）の葉で編んだ円錐形の笠をかぶり、老師様は湖に行くか松の木におおわれた丘へ登る。そして僧たちの仕事ぶりを見、指示を出したりする。だれもが師を喜んで迎え、気持ちを新たにする。師は竹の杖をいつもたずさえている。あちこちを見てまわりながら、うれしそうに顔をほころばせ、ひと所に十分から十五分はとどまるのだ。竹林には、ときおり沙弥フン・スゥンがお供する。カンジャオの筍は、とてもおいしく滋養に富む。

午後いっぱい、お茶の味と香りが僧院に満ちている。沙弥は、太くなりすぎた筍の何本かを地面近くで切る。それを抱えて、トゥおばさんのところに持っていくと、彼女は醤油で煮つけて夕飯に出す。とくに雨が振った翌朝などには、沙弥は老師とともにキノコ採りに行く。

私の大切な子どもたちよ、大僧院へ戻ってくるなら、私はおまえたちをどこにでも連れていこう。丘や、畑や、細道を歩いて竹林や井戸まで。おまえたちは、老師様の目で、または私の目を通して見るということが理解できるだろう。それこそが、自分の目で見るということなのだ。

あらゆる小さな場所やすき間に、思い出があふれている。タン・タップ僧院に隣り合わせた白い漆喰塗りの壁は、ずいぶん昔、沙弥のタム・マンやフン・スゥンが、松の葉を燃やし、カンジャオの筍や採ったばかりのキノコを焼いた場所だ。まんべんなく焼いてイチジクの葉の上に並べた筍で食事は始まる。その明るい黄色の身は柔らかくて甘い香りがする。沙弥はおいしく平らげる。最後にはキノコが出てくる。アミガサタケ、ヤマドリタケ、シャンテレル、ブルーフィートなど…。川の水でていねいに洗い、塩を揉みこみ、さらに洗う。そのあとイチジクの葉でくるんで、火の上に置く。沙弥たちにとって楽しい作業だ。キノコは、僧院の畑で摘んだ月桂樹の葉、タイム、パセリ、ミントなどで味つけをする。

青年期には欲求が強まる。親密さ、禁を破ること、享楽、羽目をはずすこと、乱暴にふるまうことなどへの欲求だ。あのころを振り返ると、その年頃に培った友情の絆を懐かしく思い出す。

子どもらよ、仏塔の北側にある柳の庭のスターフルーツの木のところへ連れて行ってあげよう。その木は、タム・マンと深い縁がある。彼の目はおまえたちの目と同じくらい輝いていた。ふたりの沙弥は、その木の下で何時間も遊んでいたのだ。タム・マンはよく木に登ったが、フン・スゥンは下で待っていた。タム・マンが熟れたスターフルーツを投げ降ろし、フン・スゥンが受け取った。ふたりの沙弥はそうして、暑い午後を柳の庭で過ごしたのだ。ほかの仲間が自室で休んでいるあいだに。

タム・マンはフン・スゥンより年下だった。おまえたちが仏塔にきたら、自然とタム・マンとフン・スゥンになるだろう。過ぎ去ったものは何もなく、失われたものもない。

風

井戸は石組みで、水は氷るように冷たい。夕暮れどき、照る月のもとで、または夏の午後に、その冷たい水を浴びる気持ちよさ。両腕を広げた幅の長さのロープがあれば、バケツで井戸の水を汲むのに十分だ。

夏にフン・スゥンは、日に一度、ときには二度も三度も水浴びをした。

井戸の水はじつに爽やかだ。水浴びのほか、作物への水やりや、服の洗濯にも使われた。イボタノキの生け垣が井戸を囲んでいた。仏塔のあたりはとても静かで、バケツがぶつかる音や井戸の縁からこぼれる水の音がかなりの距離からも聞こえるほどだ。だれかが先に井戸のところにいた場合は、自分の番が来るまで待たねばならない。タム・マンとフン・スゥンは決まりを守らず、タム・マンなどはうそぶいた。「いっしょに入らせてくれよ、水浴びするから。そのほうが楽しいよ」と。

井戸の傍らには、洗濯のための石造りの洗い桶があった。その中にはつま先ほどの穴があり、コルクで栓をするようになっていた。現在はおそらく使われていないが、穴だけはまだある。ここでフン・スゥンが洗い物をするのが想像できるだろう。沙弥たちが、飲み水や、炊事やお茶をいれるのに使う水は、上の井戸からだけ汲んでいた。それはさらに上のほうにあって、蓋がしてある。祖師堂へ向かう小道の途中にある簡易調理場に、木の蓋がついた小さな甕と小ぶりのひしゃくが置いてある。毎朝フン・スゥンはそこへ行き、火を起こしてお湯を沸かし、老師様と僧たちのためにお茶を用意する。冬季は火を起こすあいだにも手足がこごえる。フン・スゥンはすぐにでも火がつくよう祈る。そうすれば寒さでしびれた手を温められるからだ。厨房にはいつでも、トゥおばさんがアン・クー市場で買ってきた松の枝の小さな束が用意されていた。火が早くつくように、私たちはそれを使うことにしていた。調理場は狭いので、朝のお茶のためだけに使われた。ほかに使う用事はなかった。

子どもらよ、もし戻ったなら、おまえたちをトゥおばさんの墓や、ジュウ・ニェム僧院や、タン・タップやラン・ビエン僧院へ、そして霊廟(れいびょう)へも連れていこう。ある日、私がラン・ビエンでフエ大学から来た学生たちのガイドを勧めていたときのこと、突然風が吹き、すぐに暴風となった。とても寒い日だったので、霊廟に避難するよう学生たちを導いた。霊廟の陰で私たちは、松林の中でうなる風から身を守ることができた。突如として、恐ろしい轟音が地と空を揺るがせた。本物の嵐だ！　みな風から逃れる場所をどこかに探していた。私は学生たち全員を調理場に連れていき、そこで暖をとることができた。その温かな場所に私たちはずっと身を置いた。

カンランの実とアーモンドの木

ここでの最初の食事に沙弥たちが出してくるのは、醤油に漬けこんだいくつかのカンランの実だ。熱帯だけで採取される、とても滑らかな紫色の実である。その身を指先で剝きとり、小さく砕き、醤油のボールの中に入れる。少し塩を加えた発酵大豆に合わせて調理する沙弥もいた。これで食欲が進んだ者は、僧院のご飯をすべて平らげたくなるほどだ。大僧院には、この種のカンランの木がたくさん生えている。毎年収穫期になると、沙弥たちはこの地域のすべての僧院へカンランの実を配る。タイ・ティエン、トゥエン・トン、トゥ・ダン、バオ・クォク、リン・ムー、トゥン・バンなどの僧院が、それぞれ三百から五百のカンランの実を贈られる。そうした贈り物がまだ届いていない僧院が、催促をしてくることもあった。あるとき山道で、沙弥プーはトルック・ラム僧院の僧に出会った。僧はこらえ切れずに、「今年はたくさんのカンランが採れたかね？　まだこちらには使者が見えていないのだ。いくらか持ってきていただけたらうれしいのだが」と言った。カンランの実は、それほど珍重されたのである。

そういうときフン・スゥンは、どうしてほかの僧院はカンランの木を植えないのかと思った。実がなるまで何十年もかかるからなのだろう。大僧院には十本の木があった。なかでも一番実をつける木は、西のお堂と祖師堂の裏にあった。幹は真っすぐで、立派な枝葉を広げていた。開祖堂の近く、百年ほどの年輪をもつ木蓮から遠くないところにも、もう一本あった。家畜舎の近く、ナッツの木の近くの木も、とても高かった。

このナッツの木の話はまだしていなかった。戦争中、僧院には油が無くなることがあり、沙弥たちは木からナッツを採らねばならなかった。殻を割って繊維を潰し、そうして調理に必要な油を作ったのだ。炒ってつぶしたナッツはおいしいが、食べすぎると腹をこわす。

小さな僧院長チュー・トリ

一九六四年、おまえの兄弟子である沙弥のナット・トリ（特別な智慧）は、洪水の被災者たちを助けるために、私を伴ってトゥ・ボン川を遡る旅に出た。そのころ戦禍は激しさを増し、任務はさらに危険なものになった。対立する派閥の両方がその地域に存在した。おまえの姉弟子チャン・コン（真の空）も、その旅に加わった。グループの皆は薄茶色の服をまとい裸足で歩いた。そして十分注意を払って歩みを進めた。カー・タン、ソン・クゥン、クーン・ビン、ショォン・トゥン、トゥ・フゥなどの地方の固い地面の上を。川の両岸では、弾丸が音を立てて飛んでいく。ある場所で、ナット・トリが川へ飛びこんだ。おまえの兄弟子が字を書くと、驚くことにその筆跡は私とよく似ていた。私の字と比べて見分けがつかないかもしれない。彼は最初の試験的な村の建設に積極的に関わり、それがトゥ・グエン村（大いなる誓願の奉仕）につながり、さらに一九六四年から七四年の社会奉仕青年団の活動を生んだ。

「私は野原へ行って水牛を見つける…」。これは、彼がタオ・ディエン村の子どもたちのために作った歌の、歌い出しの部分だ。彼はカオ・キン村のナイチンゲール学校で教え、タオ・ディエン村の建設に携わった。子どもたちが彼に与えたニックネームは「チュ・トリ・トゥル・トリ（小さなトリ先生）」だったが、それが舌足らずの「チュ・チ・チュ・チ」に変化した。おまえの兄弟子は、模範的なソーシャルワーカーだった。心血を注いで人のためにつくした。あるとき首都の通りで、ひとりのアメリカ軍の兵士が、軍用のトラックの上から彼の頭を叩いた。兵士は情宣に影響されて、どこに行ってもコミュニストが僧侶の姿に変装していると思ったのだ。その夜兄弟子が帰ってくると、彼は泣き出した。私は長いこと彼を抱きしめてやった。そうして人びとを助ける使命を果たすうちに、彼の姿は消えた。友人たちも私も十五年間待ち続けたが、もうけっして戻らなかった。わが子よ、彼の名を呼んでほしい、おまえの兄弟子なのだから。

シスター・チャン・コンは、よく私たちの大僧院まで訪ねてきて老師様にまみえた。フエの科学学部で教えるときには、僧院に滞在した。沙弥たちは喜んで、カンランの実と豆腐で作ったチーズを出した。老師様も、彼女の訪問をとても喜んでいた。彼女はよく手土産として、箱入りのナツメやグルテンハム、はちみつなどを持ってきた。あるときには、若い沙弥たちのために顕微鏡を持ってきた。彼らはこぞって額を寄せ合い、覗きこんだ。彼らが大声でしゃべり笑うのを聞いた老師様もこらえきれずに、そこに座って顕微鏡を覗きこんだ。そして、ロープのように太いとうもろこしの雌しべを見ると、若い沙弥たちのように大声で笑いだした。老いも若きも、目に変わらぬ輝きがあった。なんとすばらしい一瞬だったろう！　年齢がそれほど離れた者たちの距離は、そのとき髪の毛一筋、または絹の糸ほどにわずかだった。

大僧院に着いた人は、老師様が、大きな円錐形の笠をかぶって半月の形をした池へと続く小道を、行ったり来たりしているのを目にするだろう。長旅から私が帰るたび、老師様は大きく目を見開き、私のことを長いあいだ見つめる。自分の目の前にいるのがだれかを見定めるように。それから喜びを表す。まったく純粋な、子どものように無垢な喜びを。私はシスター・チャン・コンに深く感謝している。数々の旅と困難な任務に取り組んでいたそのころ、私の留守中に師の世話をしてくれたことに。

小さな水牛

午後遅く、草むしりのあいだじゅう、フン・スゥンはタム・マンが法堂の中でまるで鐘のように澄んだ大きな声で詠唱するのを聞いた。

夕刻になると、彼は池のほとりに座り、夜が来るまで詠唱に耳を傾けた。腰を上げることもなく、半月形の池に降りて手をすすぐこともなかった。あたりの気配は奇妙で、魅惑的で、月はジュン・スワンの丘に光彩を放っていた。

すべてが、フン・スゥンを詩人に仕立てる要素になった。しかし、詩は月の光だけでできているのではない。私にとって詩は同時に、沼地のように淀んだ水であり、外で燃えさかる嵐、川岸の朽ちた小屋、救出の試み、大胆な危険を顧みぬ行動、黄色い花、紫の竹、あるがままの究極の真実なのだ。

鐘の音のように澄み切った彼の声は、私の脳裏に永遠に刻まれている。私はその声とともに、その中で生きている。私の中に今も声は響いている。タム・マンも大人になった、フン・スゥンもだ。しかしだ、子どもたちよ、究極の真実においては、おまえたちも互いに、あの大僧院の若い沙弥たちとして出会うことができる。当時は、タム・マンのきれいな声を録音する装置などどこにもなかった。けれど、その声は失われてはいない。それは今も聞こえるし、彼もここにいるのだ。フン・スゥンもいる、おまえたちがここにいるかぎり。

友よ、見えるか？　三人が一緒に、タム・マンと、われらの友であるおまえと、私フン・スゥンが、後になり先になりしながら、全力で丘の斜面を駆けていくのが。まわりでは、柔らかな草と四月の松の木が伸びている。遠くのほうにかすかに森が見える。丘のふもとを細い流れが取り巻いている。裸足で、サンダルも靴もなしに、ぼくらは精一杯の速さで走る。見よ、あそこに水牛の仔がいる。ぼくら三人を見ている。今駆けだした。ぼくらのあとを追いかけてくる、太陽に向かって、太陽に向かって……。

燃え盛る太陽の前景に、三人の子どもたちのシルエットが浮かんでいる。

本当の源

ヒマラヤの峰はどこにある？
私には見える　力強く優雅な山頂が
伸びあがり霧と雲間に消えていくのが
ともに誘い合い　名もないその峰に登ろう
永遠に存在する青緑の岩に腰かけ
時が絹の糸で
空間という次元を織りあげるのを
静かに見つめよう

アマゾンはどこを流れる？
私には見える　河がうねりながら下っていくのが

水源がどの山の懐(ふところ)から発するのか
私にもわからない
昼となく夜となく　銀色に輝くその水は
どこへともなく自由にうねりゆく
ともにゆこう
激しく泡立つ水面に舟を浮かべ
力を合わせ同じ目的地を目指すのだ
宇宙のすべての存在が向かうところへ

アンドロメダと呼ぶ星雲はどれだろう?
私には見える　ひそやかに流れる
幾千万もの輝く星でできた河が
ともに飛び立とう　空中の網を切り裂き
雲の上に道を切り開いていこう
あなたの羽ばたきの音は
はるか果ての惑星まで届くだろう

ホモ・サピエンスという種は何者だろう？
私には見える　幼い男の子が
その子の左手が夜のカーテンを持ち上げる
右手には向日葵（ひまわり）を握る　松明（たいまつ）として
その子の両目は星だ
髪の毛が風に巻かれなびく
風が吹きすさぶ午後の
太古の密林の上の雲のように
一緒にその子のところに行って尋ねよう
「何を探しているの？　どこへ行くの？
やってきた場所は？　最後はどこに着くの？
そこへ帰る道は？」

小さなその子は微笑んでいるだけ
その手の中の花が

突然赤く輝く太陽に変わり
子どもはひとりで歩んでいく――
星のあいだを縫って走る道を

――一九七七年に書いた詩。ブラジルのリオ・デ・ジャネイロのリトリートが終わってから、パリに戻る前に曲をつけた。仕上げたのは飛行機の中だった。

互いを探し求めて

ずっと探していました
世尊よ　幼ないころから
初めて息をしたとき　あなたが呼ぶ声を聞きました
それから探し始めたのです　世尊よ
危険な道をいくつも歩き
危ない目にもたくさん会って
絶望と　怖れと　希望と　記憶に耐えてきました
広大な荒れた地の果てまで歩き
大海を船で渡り
雲間に隠れそびえる峰を縦走しました
太古の砂漠の砂の上に

ひとりきりで死んだように横たわりました
このハートには
あふれるほど石の涙がたまっています

世尊よ　私は遠い銀河の光で輝く滴（しずく）を
飲むことを夢見ていました
私は天上の山に足跡を残し
無間（むげん）地獄の底で叫び声をあげ
疲れ果て　絶望にもだえました
私は飢え　渇ききっていたのです
何百万もの転生のあいだ
狂おしいほどあなたに会うことを願いました
しかしどこを探せばいいのか知りません
けれどあなたの存在を
神秘的な確信でつねに感じていたのです

何千の転生を通じて
あなたと私はひとつでした
私たちのあいだには
紙一重の距離しかありませんでした
昨日ひとりで歩いていたとき
落ち葉の散った古い小道を眺め
輝く月が　まるでずっと離れていた友のように
門の上に現れた瞬間に出会いました
そのとき　すべての星たちが
あなたの存在を証したのです！
夜どおし慈雨は降り続け
窓越しに稲妻が閃（ひらめ）きました
大地と空が闘うかのように
激しい嵐が襲いかかってきます
それでもついに雨は止み　雲が切れました
月光がふたたび穏やかに輝き

天と地は静まりかえります
月の鏡を覗きこんだとき
突如としてそこに私自身の姿を見ました
そこに世尊　あなたも微笑んでいます
なんという不思議でしょう

解放の月が
失くしたと思いこんでいたものを
連れ帰ってくれました
そのとき以来
それからどんなときでも
何ひとつ去っていないことを知りました
取り戻さねばならないものもありません
花が　石が　葉の一枚一枚が　私のことを知っていて
振りむけばいつでも　あなたが微笑んでいます
それは生と死を超えた微笑み

それは　月の鏡を覗いたとき受けとった微笑み
そこにあなたが
メルー山のように揺るぎなく座っているのを見ました
あなたは　私の呼吸ほど穏やかに
火のごとき激しい嵐など無かったかのように
完璧な安らぎと解放に浸されて座っています
世尊よ　私はついにあなたを
そして私自身を見つけました
そこに座っているのは私だったのです

紺碧（こんぺき）の空
地平線に描かれた冠雪した山々
赤く輝く太陽は
喜びの歌を歌っています
世尊　あなたは私の初めての愛の体験
つねに存在し　純粋であり続け　いつも新たな愛

私はもう「永遠の」愛などいりません
あなたこそ
数え切れない苦しみの生を貫いて流れる幸せの源
あなたの心から発する流れは永遠に
その初めより清らかでした
あなたこそ安らぎの
安定の　内なる自由の源
あなたはブッダであり　如来です
私は心をそらさず誓います
あなたに発したわが内なる安定と自由を育てることを
それによって　生きとし生けるものすべてに
これからのちいつまでも
安定と自由を捧げることができるように

今朝旅立つ君に

今朝旅立つ君
銀色に輝く大空に未来をもたらすために
不死鳥は翼を広げ
どこまでも広がる空へ飛び立つ
水は橋脚にまとわりつき
日の出は若い鳥たちを呼ぶ
そのむかし君をかくまったその場所が
今日は君の旅立ちを見届ける
君は　故郷の川と海に向かう

——一九六六年、パリにて。

手招き

明けてゆく朝
ここにいる私
湯気を立てるお茶と
緑の芝生
脈絡もなく
はるか昔の君の面影が浮かぶ

君の手　いや
それとも風か
手招きしている
樹木の新しい芽吹きの光を

花　葉　そして小石――
すべてが法華経を謳（うた）っている

――一九六六年、オーストラリアの講演のツアーの途中、カトリックの女子修道院で書いた詩。私はひとり緑の草に腰をおろし、小さな芽吹きを見つめ、まわりの植物を愛でていた。そこへ若い尼僧がお茶を持ってきてくれた。それから彼女は鐘のそばで祈りを唱えた。そして紐を静かに手に取り、鐘を鳴らした。彼女はすばらしい尼僧だった。書いた後、私はこの詩を彼女に贈った。

遠い日の秋の朝

あれから七年
今でも白檀(びゃくだん)香の匂いを感じます
あなたの姿は　母よ
今までになくあざやかです
あの秋の朝
寒い晴れの日
あなたはかつていたところに
帰ることを決めました
長いすり切れたドレスの胴着を振り捨て
痛みと悲しみの重荷を降ろしに
私は泣きませんでした

世界はまったく奇妙に見えます
あなたはハートから血を流しながら去りました
わが僧衣は朝の風に心地良くなびいています
太陽光は金色
空は真っ青
丘に高くそびえ
新たに作られたあなたの墓地がそこにあります
葬儀に残った幾人かが去ったあと
私はひとり人生についてあなたに語りかけます
嘆きは深いけれど
私は安らいでいました

とても苦しんだ母よ
存在することがあなたの肩には重すぎたのです

あれから七年
あなたはあれ以来何度も戻ってきます
そのたびまるで生きているかのように
今日私はあなたとの思い出と
慈悲のために涙を流しました
幼子の心で
あなたの悲しみをともにしたいのです
いま肩に存在の重みを負いながら
私はあの秋の朝に戻っていきます
遠い日の秋の朝
白檀香の匂いに満ちた朝に
わかりますか
私はあの高い丘の上にやってきて
輝く太陽の光に抱かれています

どうか一日中私のところにいてください　母よ

人生に何が起こって
明日自分がどうなるのか
私にはわかりません
けれど　たしかにあなたはここにいます
心から愛するあなた
子どものころの懐かしい故郷に帰るたび
声を殺して泣きたい衝動を覚え
私はこの両腕に頭を抱えます

――母の死後七年たってこの詩を書いた。その三年前、夢の中で母を見た。若く、生き生きとして、快活で、美しく、長い黒髪をたたえた母を。真夜中に目が覚め、月光に照らされた庭に降りたとき、私は母が亡くなってはいないことを知った。中央ベトナムの高地にあるバオ・ロック寺に滞在していたときの体験だ。

静寂

少年時代――
輝く十二歳――
何を感じる？

大昔からの川
古い町
雲が青空に呼びかける

静寂

消滅

露の重みで
たわむ葉先
早朝の大地に
果物が熟れてゆく
太陽光に照らされる水仙
畑の小道の入り口にかかる
雲のカーテンが形を変えはじめる
少年時代に憐れみを
その幻想の道に

真夜中

蝋燭（ろうそく）が溶けて垂れる
遠くの砂漠で花が開く
そしてどこかで
凍えるアスターの花は
キャッサバ芋の畑を知らず
ビンロウ樹の庭も知らず
生きる喜びも知らずにいた
その瞬間に消滅する――
人類の永遠の渇望が

――一九六六年ころに書いた詩。

空の滴

私のハートは
空(くう)の滴(しずく)で冷まされる
突如として見た
わが舟が川を横切り
渇望なき彼岸に着くのを
柔らかな砂　人気のない岸辺
むかしの約束……

――一九六六年ころに書いた詩。

長い旅

ここに書かれた言葉がある――
砂の上に足跡
雲が形になる
明日に私は
発つだろう

幻想の変容

地平の重い瞼（まぶた）
山々はもたれる
大地の枕に安らぎを求め――
夜が来ると
草と花の香りは眠りにつく

幻想はその覆いを換える

風が両手を上げる
翡翠（ひすい）の蝋燭（ろうそく）が
空の銀河の流れに揺れている

丘の斜面に開け放たれた戸が
炎で聖句を描く流れ星を縁どる
万のいのちが回転している
夢の幻想を包むように
今宵この瞬間が
顕(あら)わにする
世界の真の姿

——一九七〇年、フォンヴァンヌの庵で書いた詩。

動くもの

頭を波間にもたれて——
流れに身をまかせる——
広大な河
深い空
浮き　かつ沈む
泡沫（うたかた）のごとく
翼のごとく

——一九六六年。

午後の川と大地の心

川岸の木々
川沿いの道
青い空
青い葉
寺院の高い屋根

塔の心は
まどろむ
鎮まった
日曜の午後に

遠くから
かすかに聞こえる
大地の心——孤独に
星たちの祭りは
今まさに盛り

——一九六七年、日曜の午後、セーヌの川べりを歩いた後に書いた詩。

徳高き人

松材の扉の両翼が閉じる

震える矢が弓から解き放たれ
上方へと加速し
空を切り裂き
太陽を破裂させる

オレンジの木から散った花が
中庭に敷き詰められる

永遠なる反映の揺らめき

――一九六七年、パリにて。

パドマパニ

天上の花々
大地の花々
ブッダの瞼（まぶた）のような蓮の花が咲く
人の心に蓮の花が咲く
優美にその手に蓮の花をとり
菩薩は芸術（アート）の宇宙を産みだす
天の牧草地に星たちが生まれた
微笑む清（さや）けき月はもう空の上に
ココナツの翡翠（ひすい）色の幹が
夜更けの上空をまたいでいる

究極の空を旅するわが心が
家路をたどるとき
真如をつかむ

――一九七六年、インドのアジャンタ石窟寺院訪問の後で書いた詩。

スリランカ

幾歳月を大洋に揺られ続けたその島
波の音は大いなる愛の歌
裸足で砂浜を歩く水牛飼いの少年たちの
肌から海のいい香りが立ちのぼる
今朝　すべての帆はいっせいに風をはらむ
ココナツの並木が豊かに薫る土を守り養う
バナナ　ジャックフルーツ　マンゴー　パパイヤが
甘味を深める季節
山越えの高い峠に激しい雨が降る
吹きすさぶ暴風の中でも
ブッダの足跡はくっきりと残る

荘厳な夜明け　祝祭の日
音楽に連れ添う太鼓の音
田舎の娘たちが
ブッダの来訪を祝う――
華やかに飾りたてた褐色の足が
大地を踏む
歓喜と優雅さのあふれる踊りで

――一九七六年、スリランカで。

見知らぬ岸辺

虚空を捕まえ
放とうとする
色彩は光を分かち合い
雲のカーペットが足もとに広がる
人気のない道で　心を透かしてみれば
この瞬間
前世の本来の面目（めんもく）が見えてくる
時間の窓が開き
追想のカーテンは風に
太陽の光に緑の色に浮かぶ

ヒマラヤ山系のてっぺんに
私は永遠（とわ）の春を見る
どこかでだれも見たことのない牧草地が
青々と草を茂らせている
空のあちらこちら　星がともりだす
愛らしい金色や菫（すみれ）色の花のように
人は指を噛んで集中をはかる
わが船はいま　見知らぬ岸辺に着いたところ
星の光のもと　深い静寂
子どもが話す声がする
ここはいつもの世界？
よく聴いて

わが心は飛翔を続ける
依然として降りぬ許可
船長は両腕をきつく縛る時間の紐に気づく

ふと　風の囁(ささや)きが聞こえる
巨鳥はその広大な翼を広げたところ
虚空はすべておまえのものだ
どこへ行く？
遠くの星が呼んでいる
この惑星が途方に暮れても
空と雲は変わらず親しく見える
川面に霧が立つ
夕暮れの雲が形を成す

あそこで待つのは
わが母と弟だ
正午には
ビンロウ樹の花の香りと
製粉工場の音がお昼の時間を告げる
腰かけたまま私は眠気を催す

空の上　月が山にもたれかかっている
君はだれだ？若者よ
今朝偶然にわれわれは知り合った
今　彼はクッションに頭をもたれる
思考は長い糸のようだ
蚕（かいこ）は絹という素材を使い
自身のために牢獄をこしらえる
風はわが耳に囁き続ける
ビスケットひとかけら
小ぶりのカップのコーヒー
私は目覚めかけたところ

スチュワーデスは歩む　雲の上をゆくように

心の月

新しい日没に心躍らせ空は祝う
両目に空の色映す鳥が
水晶の枝葉を飛びまわる
永い眠りから覚め
わが内なる夜明けの始まりを知る
そして心の池には
穏やかな月が姿を映す
蝶は故郷を離れて飛ぶ
赤紫蘇(あかじそ)の紫の葉が
秋の深まりを告げている
葉に隠れて鳥たちが鳴く

空も雲も穏やかだ
朝は静まっている
鳩は翼を広げる
心からの歓迎をあらわし
少女は両手を広げる
鳥たちは生まれたばかりの
陽光の滴（しずく）を受けとる
金色　それは芝生の色

蝶が故郷を発ってから
十年がたった

カオ・フォン

知らせが届く
昨日　土の温もりから
真夜中　大陸から
突如香しき乳の泉が
こんこんと湧きはじめる
高い山の頂に
太陽が姿を現し
訪れる荘厳の一瞬

——カオ・フォン（高き峰）に捧げた詩。彼の誕生を知って。

両腕からこぼれる詩、太陽光の滴

陽光は虚空に乗り　詩は陽光に乗る
詩は陽光を生み　陽光は詩を生む

太陽は苦いメロンの懐（ふところ）に抱かれ
蒸気になった詩は冬のスープの器から立ちのぼる
外では風がうず巻きながら待っている
詩は昔の丘や大草原へ帰り　そぞろ歩いている
貧しき茅葺き屋根は今も川岸に残り　待っている

春は小ぬか雨の中に詩を運ぶ
オレンジ色の炎の中で詩の火花が弾ける

芳香満ちる森の中に陽光は蓄えられ
温かな煙が非公式の史書のページに詩を連れ戻す
太陽光はいまや虚空から消え
薔薇色の暖炉の中を満たしている

伸びゆく陽光は煙の色彩をまとい
詩は静寂にとどまる　霞む空気の色に

春の雨だれが詩を含む
詩は身をかがめて土に口づけ
種を芽吹かせる
雨降りのあと　詩はそれぞれの葉の上に並ぶ
陽光は緑に染まり　詩はピンク色になる
蜂たちは花々に配る
その羽根に乗せた陽光から生まれた温もりを

陽光の足跡から深い森へ
詩は歓喜にあふれ甘露を飲む
祝祭に浮き立ち
蝶や蜂は大地に群がる
太陽の光が踊りだし　詩は歌を生む

固い地面に汗がしたたる
詩は畝（うね）にそって飛ぶ
この肩にぴたりと収まる鋤（すき）
呼吸から流れ出る詩
陽光は薄らぎながら川面にくだり
午後遅くの影が逡巡しながらとどまる
詩は地平へと発とうとしている
光の王が雲に身を包む場所へ
籠いっぱいの野菜の中に緑の太陽が見える

よく焚けた味わい深い太陽の香りが
一杯の飯からおいしそうに立ちのぼる
詩は子どもの目で見る
詩は風雪に耐えた顔で感じとる
詩は注意深い一瞥(いちべつ)の中にいる
詩は――どこか遠い痩せた不毛の土地で働く両手だ

微笑む太陽が向日葵(ひまわり)を照らしだす
熟して満ちた太陽が八月の桃の中に隠れている
詩は一歩一歩の瞑想の歩みから生まれ
詩はページの上に整列する

用心深く
食品パッケージの中で
詩は愛を育む

――ベトナム語からホアン・ティ・ヴァンによって英訳されたこの詩は、インタービーイング（相互存在）に満ちている。太陽が緑なのは、野菜の中にそれが見えるから。詩は、暖炉の中で燃える薪の中から生まれる。それなしに私は書けない。最後の部分は、飢えた子どもらを援助する活動について書いている。私たちは新年のあいさつにこの詩を引用した。

森の中で

木々の集まり――
何千もの幹
その間にひとり人のからだ
枝や葉が揺れている
そして小川の呼び声
私は空に向かって目を開く
大いなる心の空に
一枚一枚の葉に
微笑みが見える

森はここにある

街があそこにあるから
けれど心は木々とともに消え
新しい緑のドレスをまとっている

陽光は葉
葉は陽光
陽光は葉と異ならず
葉は陽光と異ならない
他のすべての形と音も
同じ源から発する

不二の次元

死の瞬間に
ぼくは君のもとへ帰る
できるだけ素早く
けっして長くは待たせない
違うだろうか？
一瞬ごとに死ぬぼくは
いつでも君とともにいる
毎瞬ぼくは帰ってくる
君のもとへ
ほら気づいて
ぼくがここにいることに

泣きたければ
どうぞそうして
そのとき
ぼくも一緒に泣いている
君の涙は流れだし
ぼくらふたりを癒やす
君の涙はぼくの涙
今朝ぼくが踏みしめるこの土は
歴史を超えていく
今　春と冬がともにここにある
若葉と枯葉は分かれて存在してはいない
ぼくの足は不死に触れ
ぼくの足は君の足
さあ　一緒にゆこう
不二（ふに）の次元に踏みこもう
そして冬に咲く桜を見るんだ

もう死について語る意味はない
君のもとへ帰るのに
死を待つことはないのだから

一本の矢、ふたつの幻想

川はうねり海をめざす
明日出かける時が来たら
大きな声で歌ってと言おう
新しい季節の君の歌を
その声の響きはぼくを慰め
導いてくれるだろう
ぼくらが遠く離れるまでは

本当は　ぼくが旅立つことはない
居なくなろうと　どこへも着かない
もし仮に発ったとしても

そこに残るは　月　雲　風や川
もしぼくが着くならば
そこにあるのも　紫竹や黄色い菊の花

葉一枚
花一輪――
それがありのままの君
ぼくたちが
始まりのないときから一緒だった理由
君と離れることは不可能だ
君はまだわかっていない
だから　いつ出かけるのと聞きつづける

今朝　月と星たちが
深い眠りから醒めるころ
大地は泣くふりをする

たくさん涙を流しながら
君も泣かなくては　友よ
君の涙はきっと水晶のよう（泣くとき君は美しい）
君の涙で砂漠は緑の畑となり
大地は生まれ変わり　希望を芽吹かせる

ぼくらが子どもだったころ
君が泣くのを見るたびに
ぼくも泣きたいと思った
微笑む大地
緑の髪したぼくらの母
彼女が鳥や蝶を葉と花へと運ぶ
ぼくらが生まれたことはない
君の本当の心を見直してごらん
隠れた次元からぼくが生まれたその日

五つの要素となり
ぼくの姿は君に明かされた
やがてその姿はすぐに消え
君はぼくを探すことになる
まだここに来ないもの
そして去らないものの中に
ぼくを探し
君を探すこと
それは楽しいにちがいない！
君は自分自身を
来ること去ることなきものの中に見つける
一本の矢で
君はふたつの幻想を撃ち落とす——
輪廻のただ中で
来ること去ることなきものを
波のただ中に水を見る

今朝のぼくの微笑みは
君に終わることなき春を運ぶ
如来となりなさい
微笑みとひとつになりなさい

君が幻想を打ち破る日に
君はその微笑みを見いだすだろう
何ひとつ残らず　何も失われることはない
今朝　鳥たちと春は誘う
「歌い続けて　小さな花よ」と

——この詩は、あなたとあなたの法友、そして生と死について書いたもの。人は、相手を愛するあまり喪失を怖れる。戦争や社会の不正に対して慈悲の活動をする中で、ある人と二度と会えなくなるのではと心配し、自分が生き続けられるように何か思い出の品を残してほしいと願う。それに対する老師の言葉は、「私は生まれたことがなく、死ぬこともない。私の不生不死の本質を見ることができれば、あなた自身の不生不死の本質もわかる」だった。

一本の矢で、ふたつの幻想を撃ち落とすことができる。相手の非存在と、あなたの非存在だ。この詩は、ベトナム戦争当時、北と南両サイドで禁止された。共産主義でも資本主義でもなく、ベトナムの中立を主張するものと考えられたからだ。

古の托鉢僧

岩になり　気体に　霧に　心になり
中間子になって
光速で銀河のあいだを旅し
ここにたどり着いたあなたよ
その青い目は輝き
あまりに美しく　深い
始まりなき時から終わりなき時まで
みずからの前に続く道をあなたはたどった
あなたは言う　ここに至るまで
何百万もの生と死をくぐり抜けたと
何度も数え切れぬほど

あなたは大気圏外の火炎の嵐に
姿を変えた
みずからの体をもって
山や川の歳月を測った
あなたは現れる
木として　草　蝶　単細胞生物　さらに菊の花として
でも今朝私を見つめるその目は
あなたが一度たりとも死んだことはないと語っている
あなたの微笑みは私を
だれも始まりを知らぬ
かくれんぼのゲームへと誘う

緑の芋虫よ　おまえはその体を律儀に動かし
夏のあいだに伸びた薔薇(ばら)の枝を測る
だれもが言う　愛らしいおまえはこの春生まれたばかりだと
教えて　本当はどれくらいここにいたの？

今までなぜ私の前に出てこなかったの？
とても静かで深い微笑みをたたえながら
芋虫よ　私が息を吐くたび
太陽が　月が　そして星が流れでる
果てなく大きな世界が
おまえの小さな体の中にあるとだれが知ろう
その体のあらゆる場所
数え切れぬブッダの世界が創られてきた
体を伸ばすたび
おまえは始まりのない時から終わりのない時までを測る
古（いにしえ）の偉大な托鉢僧は
いまだ霊鷲山（りょうじゅせん）に座し
この上なく見事な日没を見つめている

ゴータマよ　不思議だ！
優曇華（うどんげ）は

三千年に一度しか咲かぬと
言ったのはだれか？

満ち潮の音――注意深い耳を持てば
それを聞き逃すことはできない

――ジョアンナ・メイシーが「愛の歌」と呼んだこの詩は、真の顔（本来の面目）について書いている。仏教で師が弟子に「本来の面目を出して見せよ」と言うとき、それはみずからのインタービーイング（無我）の本質を暴けという意味だ。「友よ、あなたは鉱物、気体、霧、そして意識から成っている。あなたは光速で幾多の銀河を超えてきた。あなたの道をたどるために、始まりなき時と終わりなき時が出会った。そしてあなたは同時に芋虫だ。良く見つめてそれがわかった。小さく見えても、あなたは大気圏外に炎の嵐を巻き起こせる。その小さな体で河と山の年齢を測る」

無限小に無限大が含まれる。瞑想の実践とは、愛する存在を見つけることだ。古代の托鉢僧、つまり釈迦牟尼仏陀は今も座っている。彼が消えたと思わないでほしい。彼はまだ美しい日没を見つめているのだから。教えを聞く耳を持つなら、それはいまだに満ち潮の轟きのように力強く響くだろう。

私は一九六八年霊鷲山を訪ねた。夕暮れ時、日没を眺める自分の目がブッダのそれと重なった。一九八八年、何人かと一緒にその地を訪れたときにも、同じ感慨をもった。この詩は一九七〇年に書かれた。

顕現

若さとは
夏の空にあふれる
甘味な太陽光

静まりかえる正午――
歳月とは
地球の言葉にすぎない

果てなく続く季節なのに
なぜ留めようとする？

――一九六六年、パリにて。

川の物語

小さな泉は山の頂(いただき)で生まれ、踊りながら駆け下る。流れが走れば水は歌う。そしてもっと走りたくなる。ゆったりとする気になれない。走り、急ぐことに夢中で、飛んでしまいたくなるほどだった。そして目的地をめざす。それはどこ？　目的地とは海のこと。かつて流れは、青く深い海の話を聞いた。海とひとつになる、それだけを願った。

平野まで下ると、流れは若い川となる。美しい草原をうねりながら走るうち、速度が自然に落ちてくる。「小さなせせらぎだったころのように、どうして走れないの？　青く深い海に行きたい。こんなに遅ければ、いつ着けるかわからない」。せせらぎだったころ、自分に少しも満足できなかった。早く成長して川になりたかったのだ。しかし川になった今も、満たされなかった。遅くなった自分を受け入れられなかったから。

速度が落ちてきたとき、若い川は水面に映る美しい雲に気づいた。空には様々な色や形の雲が浮かび、好きなところどこへでも自由に行けるように見えた。雲みたいになりたくて、川は一つひとつの雲を追いかけるようになった。「川のままじゃ満足できない、あなたたちみたいになりたい。このまま惨めさを感じながら、生きていても仕方ない」

そこで川は遊びを覚えた。雲を追いかけるようになったのだ。川は笑い、そして泣いた。けれど雲は、ひとところに長くは留まらない。「雲たちはこの水面に自分の姿を映す、けれど居なくなってしまう。みんな冷たい。知り合った雲はみな私を置いていく。私の心を満たし、幸せにしてくれる雲はいなかった。裏切られて心が痛む」。雲を追いかける楽しみも、苦しみと絶望を癒してはくれなかった。

ある午後のこと、強風がすべての雲を吹き消した。空は絶望的なほど空(から)になった。追いかける雲はもう見当たらない。川は生きていても虚しいと思った。孤独がつのり、生きる希望を失った。けれど川に死ぬことができるだろうか？　存在から存在しないものに、自分を自分でないものにできるのだろうか？　いったいどうすれば？

夜のあいだ、川は自分自身を見つめる時間をもった。眠れなかった。川はみずからの泣き声、水が岸を打つ音を聴いた。自分に深く耳を澄ましたのはそれが初めてだった。そしてようやく、とても大切なことに気がついた。水が雲からできているということに。雲のあとを追いかけながら、雲が自分そのものであることを知らなかったのだ。川は、探していたものが自分の中にあることがわかった。そうして安らぎに触れたとたんに、止まることができた。外側の何かを追いかける気持ちがなくなったからだ。彼女はなりたかったものにすでになっていた。そのとき経験した安らぎは真の喜びをもたらし、深い休息と眠りが訪れた。

翌朝目覚めたとき、川は初めてすばらしいものが水に映っているのに気づいた——真っ青な空だ。「深く、静けさに満ちた空。空は広くて、落ち着いていて、何でも受け入れ、自由そのもの」。自分の水面に空が映っているとようやく気づいたのは、まさに驚きの瞬間だった。しかしそれは真実だった。以前、川は雲のことだけを考え、少しも空に目を向けようとしなかった。しかし雲は空から、一片とも無くなってはいなかったのだ。青空のどこかに雲が隠れていることを、川は知った。空にはすべての雲と水が含まれている。雲がまったく頼りなさそうに見えても、空はどんなときでも、すべての雲の家の役を忠実に果たしているのだ。

川は空に触れ、揺るぎなさの本質を知った。究極に触れたのだ。かつて彼女が触れたのは、雲たちが来ては去ること、彼らの存在と非存在だけだった。今や彼女は、すべてが来ては去っていくこと、すべての存在と非存在の礎（home）に触れることができたのだ。もう何があっても、彼女の水の中から空を取り去ることはできない。止まり、触れることは奇跡だ。止まり、触れることが、彼女に揺るぎなさと安らぎをもたらした。川は、本当の家に着いたのだ。

その日の午後、風がぱたりと止んだ。雲がひとつ、またひとつ戻ってきた。川にはすでに智慧が備わっていた。彼女は微笑みながら雲たちを迎えることができた。様々な色や形の雲は表面上は同じでも、あらためて見直すと、川にとって同じとは言えなかった。ある雲だけを所有したり追いかけたりする必要はもうない。彼女は落ち着きと慈悲の心で、雲の一つひとつに微笑んだ。そして水に映る雲の姿を楽しんだ。雲が流れていなくなっても、もう捨てられたと感じることはなかった。手を振りながら、「さようなら、良い旅を」と言うだけだ。どの雲にも、もうとらわれることがなくなった。

川にとって幸せな一日だった。夜が来て、空に向かって穏やかにハートを開いたとき、これまで水面に映った中でもっともすばらしい光景がそこにあった――美しい満月、こうこうと照る、鮮やかな微笑みの月だ。

ブッダである満月が
究極の空が広がる空を渡る
いのちあるものたちの川が鎮まれば
鮮やかな月は見事に
水面に姿を映すだろう

空間の広がりのすべては、月の至福のために用意されたかのようだ。月は完璧に自由に見える。川は水面に月を映し、月と同じ自由と至福を味わった。

すべての存在にとって、なんとすばらしい華やぎの夜だろう――空、雲、月、星、そして水。果てしない空間の中で、空、雲、月、星と水が、ともに瞑想の歩みを楽しんでいる。彼らの歩みに到着はいらない、海という目的地さえも。今ここにいるだけで、みんな幸福なのだ。川は、水になるために海まで行く必要はない。みずからの本質が水であり、雲や、月や、空、星、雪であることがわかったから。どうして自分自身から逃げる必要があるだろう？　流れない川などあるだろうか？　そう、川は流れるものだ。だから、急ぐ必要はないのだ。

インタービーイング

太陽がぼくの中に入りこむ
太陽が雲と川を連れてやってくる
ぼくも川に入り
太陽に入る　雲と川を連れて
どの一瞬をとっても
すべては互いに入りこんでいる

けれど太陽がぼくに入る前に
すでに太陽はぼくの中にあった――
雲と川もとっくにここにある
ぼくが川に入る前に

ぼくはとっくにその中にいた
どの一瞬をとっても
すべてが相互存在（インタービーイング）しないときはなかった

だから君が
息を続ける限り
ぼくは君の中にいる
どんなときでも

愛の詩（うた）

あなたの両目は六つの要素でできている――
土　水　火　大気　空間　そして意識
六つの要素だけでできたその両目
それでもなお　美しい
その両目をひとり占めしていいのか？
できるだけ永らえさせようとしてもいいのか？
記録に留めようとしてもいいのか？
けれど私は知っている
記録できたところで
それはあなたの本当の目とは違う

あなたの声は六つの要素でできている
それでもなお　まぎれもなくすてきな声
その声をひとり占めしていいのか？
録音してもいいのだろうか？
けれど私は知っている
私が捉え　記録したところで
それはあなたの本当の声とは違う
私が手にするのは
画像や　磁気テープや　絵画や書籍
それだけなのだ

あなたの微笑みは六つの要素でできている
それでもなお　まぎれもなくすばらしい微笑み
その微笑みをひとり占めしていいのか？
できるだけ永らえさせようとしてもいいのか？
わがものとし　記録に留めようとしてもいいのか？

けれど私は知っている
わがものとし　記録できたとしても
それはあなたの本当の微笑みとは違う
それは六つの要素の組み合わせにすぎない

あなたの両目は無常の両目
その目はあなた自身とは違う
たしかに　そう教えられ
理解しているつもり
それでもなお
あなたの両目の美しさは変わらない

あなたの両目が無常だから
なおさらそれらは美しい
長く存在できないからこそ
もっとも美しいものなのだ――

流れ星や花火のように

自我が無いゆえ
なおさらそれらは美しい
自我と美しい両目のあいだに
何の関わりがあるだろう？

あなたの美しい両目を見つめていたい
その目が永遠でないと知っていても
その目があなた自身でないと知っていても

あなたの両目は美しい
その目が無常だと私は知っている
けれど　無常が問題だろうか？
無常でなければ何も存在できはしない

あなたの両目は美しい
両目はあなたでなく　そこに自我はないという
けれど　無我の本質が問題だろうか？
自我だけでは何も存在できはしない

だから　あなたの両目が六つの要素にすぎなくても
無常であっても
あなた自身ではないとしても
その美しさは変わらない
だから　私は見つめていたい
あなたの両目があるかぎり
それらを見られる幸せを感じていたい

あなたの両目が無常であると知り
永遠（とわ）に永らえさせようとせず
こだわることも　記録することも

ひとり占めもせずに
ただ幸せを味わえば
あなたの両目を愛しつつ私は自由でいられる

そしてその目を愛するならば
さらに深く愛せるようになる
私は六つの要素を観察し
それらがすばらしい要素と知る
一つひとつが最高に美しい
そして私は　すべての要素を愛せるようになる

私は愛する　数えきれないほどの存在を――
あなたの両目　青い空
あなたの声　木にとまる鳥たち
あなたの微笑み　そして花に憩う蝶たちも
一瞬ごとに私は

深く愛せるようになっていく
一瞬ごとに私は
真の愛を見いだしていく

あなたの両目は美しい
声も　微笑みも
空も
鳥たち
蝶たちも
私はすべてを愛する　すべてを守ると誓う　きっと
愛とは尊敬のこと
そして敬いの気持ちこそ
私の愛の本当の姿

支え合ういのち

君はぼく　ぼくは君
ぼくらはたしかに「相互存在」そのもの
君は心の中の花を養う
ぼくが美しく咲けるよう
ぼくは心の中のゴミを変容させる
君が苦しまずにすむように

ぼくは君を支え
君はぼくを支える
ぼくは君に安らぎを渡すため　この世に生きている
君はぼくに喜びを渡すため　この世に生きている

――一九八九年、フリッツパールの言葉、「あなたはあなた、私は私、たまたま会えたなら、それはすてきなこと。そうでなければ、しかたがないこと」に対して、コロラドの心理療法士のリトリートのあいだに書いた詩。

あなたは私の庭

この庭で枯れていく一本の木
それを見ているあなた
けれど旺盛で力あふれる木も
あなたの目には映っている

私の心に感謝が広がる

私の庭に枯れていく木があるとしても
それが庭のすべてではない
私はそれを知っている

どうか私に思い出させてほしい　そのことを

先祖が残したその庭を
世話するようにと言われてきた
いつでも庭には美しい木々があり
また病みかけた木もある
だからこそ木たちを
ていねいに世話することだ

あなたは私の庭
だからこそ私は　良い庭師になるよう腕を磨く

打ち捨てられた古い庭には
桜と桃の木が生えていて
それでも季節が来ると
見事な花を咲かせていた

ヒューズを抜いてくれ

もしぼくが爆弾なら
いましも爆発しようとするところ
もしぼくが　いま君のいのちを
脅（おびや）かすなら
ぼくの取り扱いに気をつけるべき
君はぼくから逃げられると考える
でも　どうやって？
ぼくはここ　君のど真ん中にいる
（人生からぼくだけを取り除くのは不可能）
おまけにぼくは
いつ爆発するかわからない

必要なのは君の気づかい
必要なのは君の時間
ぼくのヒューズを抜いてほしい
すべては君にかかってる
君は約束したのだから（ぼくは聞いていた）
愛することと　気づかうことを

ぼくの世話をするときに
必要なのは大きな忍耐
変わらぬ平静さ
ぼくは知っている
だれの中にもヒューズを抜くべき爆弾がある
だから　互いに助け合うほかないだろう？

どうかぼくの言葉を聞いてほしい
だれも耳を貸してくれなかった

だれもわからなかった　この苦しみを
ぼくを愛すると言った人たちさえも
この心の痛みが
ぼくを絞めつける
爆弾の成分はＴＮＴ火薬
ぼくの言葉を聞こうとする者は
ひとりもいなかった
だからこそ　君に聞いてほしい
でも君は　逃げたがっているのだろうか
自分の身を守るため　走り去ろうとしているが
それで得られる安全なんて
どこにもありはしない

ぼくが勝手に作った爆弾ではなく
それは君だ
社会だ

家族だ
学校だ
伝統だ
だから　ぼくを責めないで
そばに来て　助けてほしい
でないと　爆発してしまう
脅(おびや)かしではなく
これは援助要請なのだ
ぼくも君をきっと助ける
いつかその立場になったなら

きっと帰ってくるだろう

ひとりが三人に
ひとりが四人に
ひとりが何千人にも
私たちはもういちど帰ってくるだろう
私たちはもういちど帰ってくるだろう
激しく雨が降り注ぐ
心の海原が広がる
華麗な身のこなしで
私は盛り上がる波に乗る——
丘と山　丘また山の上に
大海と川　大海また川の上に——

アホウドリの翼が
朝の光と戯れている
雪と光は同じもの?
子どもの唇に乗る歌を
いつまでも止めないでほしい!

——時に人は、二人(結婚のとき)や三人(出産によって)になる。復活というと私たちは、ある人がそのまま本人として継続すると考える。けれど、ひとりが数人にもなりえるのだ。トウモロコシの一粒が生まれ変わると、たくさんの粒を持つ一本の穂になるように。初めて会った時にひとりだった人が、驚くべきことに、三人や五人になって戻ってくることもある。ここで一番重要なのは、喜びと自由が伴うべきことだ。何人に増えて帰ってきてもかまわない。ただ、喜びと自由だけは忘れずに携えてきてほしい。

満月祭

形あるものが空(くう)とぶつかったなら
そして知覚が非知覚に入りこんだなら
いったいどうなるだろう？
友よ　ここへやってきて
一緒によく見つめよう
生と死　ふたりの道化師の
舞台が開こうとしている
秋がやってきた
葉が色づく
葉を舞わせよう
色彩の饗宴　黄色や赤

春からあいだ
枝は葉をしっかりとつかまえていた
今朝　枝は葉を解き放つ
旗や灯火が飾られて
みんな満月祭にやってくる

友よ　何を待っているのか？
頭上で月がこうこうと照る
今夜雲は一片もない
今さら灯火や焚き火がいるだろうか？
夕食の支度はあとでもいいだろう
探したり見つけたりはだれがやる？
今は一晩かけて　月を楽しもう

――この詩は、ベトナムの禅師リュウ・カンへの返答である。彼の詩の一節には以下の洞察が表れている。「もし私がランプと火が同じものとわかった

ら、米はすでに長時間かけて炊かれていたことになる！」この洞察の詩は、
一七〇八年、彼の師であるトゥ・ユンに捧げられたものだ。

不二

鐘の音が朝四時を告げている
裸足で冷たい床に立ち
私は窓辺に寄りそう
庭はまだ闇の中
山や川が姿を現すのを待っている
深い夜の一刻に明かりは一点も見えない
けれど私は知っている
この深い闇のどこかに
あなたがいることを
計りつくせぬ心の世界に
知られる者よ　あなたはずっと

知る者がいるかぎりそこにいた

まもなく夜明けがやってきて
あなた自身の姿と薔薇色の地平が
私の両目に映るのを
あなたは見るだろう
私にとって　地平は薔薇色　空は青
澄んだ流れにあなたの姿を認めれば
あなたはその存在で問いに応える
いのちは驚くべき不二の歌を口ずさむ
この澄み切った夜の中で
私は思わぬ私自身の微笑みに気づく
私がいるからあなたがいると知る
今宵の微笑みの不可思議に応えるように
あなたはここに帰り姿を見せた
静かな流れの中を

私はゆっくりと泳ぐ
水のささやきがハートを慰める
波が枕となってくれる
見上げれば
白雲が青空に浮かび
秋の枯れ葉の音がして
干草の香り――
どれもが永遠のしるし
星の輝きは私がみずからに戻る導きとなる

あなたがいるから私がいると知る
認知がその腕を伸ばし
ほんの一瞬のあいだに
何億光年の距離をひとつにし
生と死をひとつにし
知られる者と知る者をひとつにする

深い夜の底で
計り知れない意識の領域の中にいて
いのちの庭と私は
たがいに見つめ合う
存在の花が空(くう)の歌を歌っている

澄み切った夜に
あなたの音と姿はここへと帰り
清らかな夜を満たす
私はあなたの存在を感じている
裸足で冷たい床に立ち　窓辺に寄りそい
私は悟る
私がいるから
あなたがいるのだと

――一九六四年、ジャ・ディン県のゴ・バップにある竹林寺で書いた詩。ベトナム帰国後すぐに、私は高等仏教研究所を設立し、週刊誌「ハイ・チュウ・アム」を出版し、社会奉仕青年団の設立準備にかかった。静かで美しい場に浸りたくて私は竹林寺によく通った。高等仏教研究所も市の中心部にあったからだ。

ある朝、自分の小庵で、早朝三時ころに目が覚めた。土間に足をおろすと、その冷たさで意識がはっきりとした。そのまま五十分ほどが経った。外の暗闇を見つめていると、朝の最初の鐘が鳴った。一つひとつは良く見分けられなかったが、窓外には梅の木や竹林があるのがわかった。夜の闇の中で、私は自分がここにいるから、あなたがそこにいるのだとわかった。意識の主体は、意識の対象が存在するのに必須なのだ。

この詩は唯識に関する洞察の詩である。難解ではあるが、唯識の文脈中で語られるべきだ。あなたは私のためにいる、私はあなたのためにいる。これがインタービーイング＝相互存在（縁起）の教えである。インタービーイングという言葉は、当時まだ使われていなかった。インタービーイングと聞けば華厳経と思われるかもしれないが、インタービーイングの教えは唯識にも起源がある。唯識では、認知はつねに主観と客観を同時に含むからだ。意識とは、つねに何かに対する意識なのである。

旅路

真昼時　風は止まり
四本の檜(ひのき)が一列に立っている
壁はその骨組みを見せる――
浸食　時の水流

青空は静まっている
私がここに来たのは
何億年も辛抱強く待っていた
煉瓦と石の時代を見いだすためだった

私の肉と骨は

砂漠を抜ける旅路の途中
ほんの束の間ここに立ち寄った
そしてこの手の平から
わずかな温もりを置いていく
いくつかの心臓の鼓動とともに

古代のイメージは遥かに飛び去り
あなたはまだそこで待っている

教えてほしい
私は前世でここに来たことがあったのか？
気がつけば
生と死のひと廻（めぐ）りのあいだにつけた
自分の足跡を探していた

いつか

人の三つの要素がその源に帰るとき
私の手の平の小さな宇宙の中で
踊るのは何の原子だろう？

この夏の真昼時
空が青色の微笑みをたたえるとき
この壁にもたれる屍(しかばね)はだれのものか？

おお　煉瓦と石よ
だれが去り
だれが留まるのか？
変わらぬ旅路のなか　同じ速さで
私は　あなたたちすべてを乗せて運んだ

去来を探し求めてきた者よ――
教えてくれ　地平線はどれだ？

いまわかった
私たちすべてが
歴史の始まりからずっと
同じ速度で歩んできたのだと
十分な時間をくれないか
ずっと昔のスターフルーツとアカシアの記憶を
呼び戻すために

今日私たちは四本の檜とともに
しばらく立ち止まり
この驚くべき旅の行く末を考えた
静かなこの青空がすでに百万光年存在していたとしても
私にとっては　この青空はいましがた生まれたばかり

――私は「地球の体験」というベトナムの伝説についての本を執筆するため、コート・ダジュールにひとり滞在していた。私は浜辺に行き、一日中何も考えず何もせずに、夜中の十時まで座って過ごした。私にある五つの要素（五蘊）が波の音や景色に洗われるにまかせた。それからプロバンスに移動し、古い壁と四本の檜が並んで立つ場所に来た。その古い壁際に、私の屍が横たわっているのを見たのだ。

この詩は旅の詩だ。私たちはみな旅人だが、それぞれ違う速度で進んでいる。ときおり、初めて見る事物の中に自分がなじんだ何かを見つける。初めての人や物だが、以前出会ったことをはっきりと思い出すのだ。たとえば同じ星のまわりをまわる惑星どうしでも、一方の速度が速すぎれば他を追い越してしまって出会ったことに気づかない。しかしとうとういま再会したのだ。石や煉瓦の速度は他と比べると遅い。ドイツのハイデルベルグ城に登ったとき、そこを訪れたのが初めてではないと感じた。それを契機に書いたのが、「不去不来の歌」という詩である。洞察は青空に似ている。つねに存在するが、いましがた生まれたように見えるという意味で。

輪廻を止める

輪廻を繰り返すのはだれ？
輪廻を止めるというなら
止めようとするのはだれの輪廻？

苦しみや悩みが輪廻をめぐる
輪の回転を止めねばならない

しかし　苦しみや悩みを負うのはだれだろう？
だれかがそれを負うことはない
苦しみ自体が輪の中をめぐるだけ

輪廻が止まったあと何がはじまる？
ふたたび輪廻が続くだけ
なぜ苦労してまで止めるのか？
不幸の輪が止まれば
幸福の輪が回り始める

不幸の停止は幸福の始まり
幸福も輪廻には違いない
幸福もまた輪の中を回るさだめ
人生の一瞬一瞬に
人は輪廻がなければ生きられない

なぜ　幼子の笑顔を消し去るのか？
なぜ　春のそよ風を止めるのか？
苦しみの変容
それが輪廻を終わらせること

苦しみこそが
幸福を作りあげる材料だから
友よ　心をあまり悩ませるな
この世ではどの苦しみも必要なのだから

月見

我が無いというならば
輪廻も無いはずだ
それなら　我を解く必要はないだろう
輪廻を止める理由もない

我は存在しないが
我への思いこみはある
輪廻は存在しないが
輪廻という考えはある

今夜の満月は我だろうか？

いや　月は我ではない
月見する人は我だろうか？
いや　我ではない

それなら月見する人は
なぜ月を愛でられるのか？
月には我が無いからであり
月見する人も我をもたないからだ
月も月見する人も等しくすばらしい
月見することもまたすばらしい

月見とは　瞑想の実践そのものだ

ひまわり

友よ　おいで　君の無垢な瞳で
澄み切った法身(ほっしん)の
青い海原を見においで
その緑の色を見つめてごらん
真如(しんにょ)の現れであるその色を

たとえ世界が滅んでも
君の微笑みはけっして消えない
昨日ぼくらは何を持っていた?
そして今日　ぼくらは何を失うのだろう?

友よ　おいで　幻想に彩られた現実を
目をそらさずに見つめよう
ひまわりは真実そこにある
だからすべての花たちはみな
そちらを向いて見つめている

――ひまわりとは智慧波羅蜜のこと。すべてを超えた理解のことである。

無題

故郷の呼び声を聴こう
どの山も川もすばらしく美しい
家へ帰り　自分の源（みなもと）に触れよう
理解と愛の橋を渡り
私たちは本来の家へと至る

誕生と死

いくつもの生のあいだに誕生と死があり
次の誕生と死へと続く
誕生と死の観念が生まれた瞬間
誕生と死は出現する
誕生と死の観念が死んだ瞬間
本当の生が起こる

——一九七四年、スリランカで開催された世界教会協議会の会議の際に書いた詩。この詩のもとになったのは、漢字二文字の「生」と「死」による反復詩だ。意味は同じだが、私の詩は、もとになった詩の翻訳のようなものである。

生生生死生
死生生死生
死生生生死
死生死生生

偉大なる獅子吼（ししく）

白雲が浮かんでいる
トゥン・ヴィの薔薇（ばら）が咲く
浮かんでいるのは雲だ
咲いているのは薔薇だ
一輪のトゥン・ヴィの薔薇が咲き
白雲が浮かぶ

浮かばないなら雲ではなく
咲かないなら花ではない
雲それ自体が浮かぶもの
花それ自体が咲くものだ

精神の構造と言語の形成
外形　そして概念
それらが迷路を開いた

焦点とは　たがいを求める
二本の線が出会う一点のこと
一本の線とは移動する点だ
私は低きをもって高きを築く
私は高きをもって低きを建てる
私は右をもって左を建てる
私はひとつをもって多くを分ける
私の手には五本の指
長い指と短い指と
指たちは若葉を運ぶ枝だ
私の思考は木に咲く
花芽のように伸びていく

私の体は樹木であり
血　肉　骨　唾液
細胞と神経
外形と心象
食物と排泄物でできている
この骨は
明日まで存在するだろう
骨は私のものではない
骨はあなたのものでもない
けれど　ああ　慈悲よ
それらが永遠と無常という幻想をもたらし
ときに人間の運命にあなたを
声もなく泣かせるのだ

思考を——

私はここから送り出す
通信の波に乗せて十方へと
人はそれを記録する手法を探す
私が発する言葉は音の波によって
伝達を繰り返す
人はそれを記録する手法を探す
私の姿が映し出される
話すとき私の唇は動く
両目は微笑む
人はそれを記録する手法を探す
保存することができると信じて
時と空間の軌跡に沿って
人は　現実に代わる
しるしを見つけようとする
私はあなたに映画を見せる
あなたの指が投影された像をなぞる

慈悲よ
だれのための慈悲？

そのとき大英博物館で
ある人　その額に苦悩のしるし
左を下に横たわっていた
紀元前三千年
紀元後三千年――
何の違いがあるだろう？
暑い砂が彼を保存したという
テープレコーダーと同じように
暑い砂が保存できるものは
痛みからの驚くべきメッセージ以外に
何があるだろう？
私の筋肉は温かく柔らかい
血はこの静脈を穏やかに流れる

内分泌腺はまだ干上がってはいない
精液や唾液
爽やかで愛らしいその微笑み
さらに欲求　希望　構想

私はときに人生を
この両手で抱きしめる――
田舎に育った少年の
手の中の赤い風船のように

まだこの血が乾いていないから
まだこの精液が乾いていないから
存在するのは　言うまでもなくすばらしきこと
存在しないのも　またすばらしきこと
存在する　存在しない　実際どちらも同じこと
どちらにも幻想をもつから

苦しみという感覚が生まれる
存在　非存在とも　本来問題ではない

私の筋肉はいま柔らかい
振動する神経——
人生のベッドの上のマットレスは
温かく柔らか
私は嘆きの声を聞く
おお　すばらしき色や形——
対象の存在は　私の両目があるから可能なのだ
おお　すばらしき音——
対象の存在は　私の両耳があるから可能なのだ
最高の驚嘆すべきことが
最高であり驚嘆すべきなのは　この末那識(まなしき)*ゆえだ
末那識をもつのはすばらしきこと
末那識をもたないのも　またすばらしきこと

すばらしきことは　すばらしい
末那識　おお末那識よ

存在とは　末那識の存在のこと
非存在とは　末那識の非存在のこと
すばらしきことは　存在であり非存在でもある
末那識は存在か　非存在か？
末那識　おお末那識よ
非末那識　おお非末那識よ
末那識も　非末那識も
末那識であるにすぎない
存在と非存在は　どちらも頭脳の作りもの
末那識よ　大声で笑わせてくれ

私は足を踏み鳴らして泣いた
母が死んだそのときに

美しい薔薇色の朝のこと
真夜中には激しく風が吹き荒れた
涙が静かに私の頬を流れ落ちる
涙腺にたたえられた涙は
一冬越すのに十分なほどあった
母は微笑んでいる
母は微笑んでいない——
母は居たのか　居なかったのか？
私は足を踏み鳴らした
足の下で地面が割れて
足跡に真の空(くう)が開けた

昨日太陽光はやさしかった
母は　いくつかの花壇に花を育てた
彼女は真夜中に死んだ
植物は青々と茂り　花々は微笑む

「笑わないで　悪戯（いたずら）好きな花たちよ！」
「驚いた！　本当にゆかいなものたち」

微笑む　または微笑まない——
いまどちらも終わった
終わること　または終わらないこと——
いまどちらも終わった
意味の通らぬ戯言（たわごと）のよう

姉妹よ　あなたの両目は
たった四つの要素でできている
愛を放つことができる
存在か　非存在？
なぜ木に登ったのか？
落下の恐怖を知るために
なぜ問いかけるのか？

混乱を生み出し
人生を行き詰らせるのに

兄弟よ　あなたの両目は
たった四つの要素でできているというが
不正への苦しみにあふれている
ここに私の両手がある
理にそぐわぬ山のような問題を
慈悲の水が洗い流すように願う

銃それ自体が悪いのではない
その手が責められるべきでもない
弾丸と花よ！
花が開くように植物は世話をされる
そこには傷つける棘（とげ）がある
柔らかい茎を喰いつくす芋虫がいる

その体はエメラルド色
あなたの澄み切った涙は
これらの植物の根を潤(うるお)す
泥水の滴(したた)りと
源を同じくする
どう表せばいいのだろう？
笑いは沈黙の音をたてる
泣き声もまた沈黙の音をたてる
笑わず　泣かずもまた　沈黙の音をたてる
笑って　笑って　泣いて　泣いて
人生のためにさらに花が開かねばならない

人間の世界では
花はまぎれもなく花
思考の花は
時間と空間を抱きしめ

両極を超えてゆき
物質と速度を超えてゆき
物質と変容を超えてゆく

おお　目覚めの微笑みよ
おお　不可思議の微笑みよ
おお　信念の微笑みよ
おお　おおいなる慈悲の微笑みよ

――一九六六年、私はベトナムの平和を訴えるために、ヨーロッパの講演旅行をした。ある午後、ロンドンの大英博物館に行った。そこで、三千年前の化石化した人体を見て強い印象を抱いた。その体は左を下に膝を胸のほうに折り曲げられて横たわっていた。熱い砂によって良好に保存されたので、髪も爪もきれいに残っていた。保存された人体を見て、一緒だった九歳の女の子は怖がった。その子は私の袖を引っ張り「私もこうなるの？」と聞いた。私は、「いや、君は違うよ」と嘘を言った。ブッダの御者であったチャンナが、シッダールタ王子に嘘を言わなかった話題について、嘘をついたのだ。

それから数週間後のパリで、ある晩、夜中に目覚めた私は、体が石に変わっていないかどうか確かめた。夜中の二時だったが、すっかり目が覚めてしまった。一時間ほど座ると、自分が山に降り注ぐ雨のように感じた。そのまま私は、さらにもう一時間ほど座った。それから起き上がって、この詩を一気に書き上げた。その感覚と印象がとても強烈だったので、大きな容器がひっくり返って水がどっと流れ出すように堰を切るまでに苦労した。

＊第七識、自我を生ずる意識のこと。

流れに飛びこむ

僧はみな坐布の上に
座る場所をもっている
あそこに　僧がひとり
じっと座っている
地球は回り　私たちを運んでいく
あなたが座るその場所は
電車の二等席のようなもの
その僧は　ついには自分の駅で降りるだろう
その場もほかのだれかに譲られる

僧は坐布の上に

どれだけ長く座るのか？
いずれにせよその場にじっと座る
永遠に座るかのように座らぬことだ
まるで到着する駅など無いかのように
火を噴くエンジンが
あなたを運んでくれるだろう

僧はみな坐布の上に
結跏趺坐で座るだろう
太古の大きな山のように
山はそこにあり　完璧に動かず
しかし僧と同じく　回る地球の上にいる
私たちが恐れても速度は落ちず
私たちの電車は
炎の詰めこまれたエンジンで
先を急ぐ

今朝
僧はいつものように
坐布に座っている
このたびは微笑みをたたえて
「ここに永遠に座るわけではない」とつぶやく
「電車が駅に着けば
違う場所に私はいる
坐布の上
または両腕いっぱいの草の上──
私は座るのだ
もう一度だけ」

──スピリチュアルな生き方や瞑想の成果の分類には四種がある。もし流れの中へ入ったなら、すぐに目的地に着くとわかるだろう。流れは海へと向かっているからだ。あなたは「預流果(よるか)」と呼ばれる。二番目の果実は「一来果(いちらいか)」である。あなたはあと一度だけ返ってくる。三番目の果実は「不還果」。あなたは今生で解放される。四番目は「阿羅漢果」で生死のサイクルから完全に解放される。

仏教僧院では月に二度、沙弥たちは潙山霊祐禅師の「潙山警策」を唱える。僧侶は修行に努めるよう強くうながされる。一生は短く、時間を無駄にすることはできないからだ。毎夕ごとの勤行の時間に、私たちは次の偈頌を唱える。

「一日が終わった。人生がまた短くなった。水たまりに住む魚の水が減っていくように。ともに解放への修行に努めよう（無常偈）」

僧侶の中には、この偈頌が自分を責めているととる者もいた。しかしそれは違う。作者は、大きな苦痛と慈悲の心でこれを書いたのだ。

「両腕いっぱいの草」は、成道前のブッダが必要としたものだ。それ以前に多くの苦行に打ちこんだが、どれも実を結ばなかった。苦行は真の道ではない。それは過激なだけである。ブッダは断食を放棄することにした。いくらかのミルクと米を口にして、活気を取り戻した。そして、成道までに最後の行がひとつだけ残されていることに気づいた。そこで、青々とした草を刈り集めて座る場所をこしらえ、心に決意を固めた。「あと一度だけ座ることにする。悟るまではけっして立ち上がらない」と。そして、実際に悟りを開いたのだった。

まるごとすべてが

どれくらい必要かと問われれば
言うだろう
まるごとすべてが欲しいのだ
今朝　君とぼく
そしてすべての人間が
驚くべき一元の流れに
合流してゆく

私とはだれ？　ひとかけらのイメージを頼りに
長い時を超え　自らのために自らを探し続け
暗闇の中　解放の幻想を見た

今朝　兄弟が長い冒険の旅から帰った
祭壇の前で膝を折り
目に涙をいっぱい浮かべて
彼は心の錨（いかり）を降ろすべき
岸辺を求めてやまなかった
（かつて私も切望した）
跪（ひざまず）いたまま泣かせてやろう
心ゆくまで泣かせてやろう
その場を千年の避けどころとして
涙がすっかり枯れ果てるまで

そのうち夜のあいだに
私は丘の上の小さな彼の隠れ家へ行き
火をつけて燃やしてしまおう
火はあらゆるものを焼きつくし

難破した彼の最後の救命筏(いかだ)を消し去る

心の苦悩が極みに達し
殻ははじけて割れるだろう
小屋が燃える炎が
彼の輝かしき解放を照らし出す
私は燃え盛る小屋のそばで
彼を待つことにする
私の頬に涙が落ちる
彼の新生をしかと目にとめるため
私はその場を離れない
そして彼の手をとり問いかけるのだ
どれだけ欲しいのかと
彼は微笑んで言うだろう　まるごとすべて——
かつての私と同じように

――一九五四年に書いた古い詩。深く苦しむ者には、しばらくの間引き籠る必要があるかもしれない。癒しのためにある期間隠れるのは良いことだ。しかし長期間引き籠ることを好む者たちもいる。たとえば、座禅に逃避する場合などだ。そういったときには、その隠れ家を焼き払うだれかが必要になる。

座る場所

ここに禅堂はひとつしかない
けれど座る場所はいくらでもある

かまうことはない
座る場所すなわち禅堂だ
そして
禅堂は座る場所にほかならない

どこであれ　われらは唱える
色即是空
色不異空

蛙寂滅の境地

瞑想の最初の果実は
蛙寂滅(じゃくめつ)の境地

皿に蛙を乗せてみれば
たちまち蛙は跳び出すだろう

ふたたび皿に戻しても
またもや跳んで出るだろう

人はすべきことが多すぎる
理想の自分をもったりもする
だからいつも繰り返し

先へ先へと跳びたがる

蛙を皿のまん中に
据えておくのはそれほどに
困難極まるわざなのだ
君とぼく
ふたりともに仏性はある
だから希望をもっていい
けれどそれでも
君とぼく
蛙の性ももっている

だからこそ
瞑想の最初の果実を――
蛙寂滅と
名づけたわけなのだ

輪の中をめぐる人よ

輪の中をめぐる人よ
止まりなさい
何のためにめぐるのか？

「どこへ着くのかわからない
進む以外にいられない
だからこうしているのです」

輪の中をめぐる人よ
止まりなさい

「進むことをやめたなら
私は生きていられない」

輪の中をめぐり続けるわが友よ
常軌を逸した所業の繰り返し
あなたはそれとは別物なのだ
進むことは楽しいだろうが
輪の中をめぐる意味はない

「どこへ行ったらいいのでしょう?」

行きなさい
あなたの愛する人のもと
あなた自身が待つ場所へ

生まれたての二十四時間

朝目覚めて仰ぐ　真っ青な空
両手を合わせ
数えきれないいのちの不思議と
目の前のまっさらな二十四時間に感謝する
太陽が昇る
朝日に浸された
森が私の目覚めを連れてくる

私は向日葵（ひまわり）畑を歩んでゆく
何万もの花が輝く東に向き直る
目覚めは太陽に似ている

私の両手は来たるべき収穫のために種をまく
耳は満ち潮の音に満たされる
壮麗な空　喜びにあふれて
十方から雲が集ってくる
故郷の香しき蓮池が見える
川沿いのココナッツの木々も見える
田んぼが背伸びして　伸びをしながら
太陽や雨に笑いかける
母なる大地の恵み
コリアンダー　バジル　セロリ　それにミント
明日　村の丘や山々は
ふたたび緑に彩られるだろう
明日　いのちの芽が速やかに吹くだろう
わが民族の詩は
楽しげに響いてゆく
子どもらの歌のように

――一九七〇年に東京で書いた詩。『〈気づき〉の奇跡』の初版に、「私の目覚め、太陽の光」として掲載される予定だった。シスター・チャンコンが、「ベトナムの歌」のテープ中で曲をつけて歌っている。

ルネッサンス

　今朝、日の出時、木の枝に新しい芽生えがあった。芽吹きの始まりは真夜中。樹皮が、樹液の絶え間ない流れによって、新しいいのちの通り道を作るために裂ける。けれど、木自身は気にもとめず、そんな変化も痛みも感じない。木はただ、まわりの花や草たちの囁きばかりに気をひかれている。夜の芳香は清らかで不可思議だ。木は、誕生と死という時間の経過をまったく知らない。空や大地と同じく、ただ存在するだけ。

　夜明けにひらめいた。新たな今日は他の日とはまったく違う、この朝は特別なのだと。私たちは、朝を後日に取っておけると考えるが、それは無理だ。毎朝が特別で違った朝なのだから。友よ、今朝はどんな朝だと思う？　今朝は人生で初めての朝だろうか？　それとも過去の朝の繰り返しなのか？　友よ、今ここを生きなければ、どの朝も同じ朝になる。今を生きるとき、どの朝も新たな空間と時間を与えてくれる。太陽は違う景色を違った瞬間ごとに照らす。意識は満月のように目覚め、幾多の川の懐に抱かれる。川は流れ、水は歌い、月は青空の荘厳なドームの下を旅する。その青色を見つめ、微笑んで、目覚めの心を透き通った清らかな太陽光のように輝かせなさい。早朝の枝や葉にやさしく触れる光のように。

朝は、いつでも開ける文字で埋めつくされた本のページとは違う。本は人がいつでも来ては去ることのできる道だ。朝は道ではない。痕跡も残さず飛び去る鳥がたどる道でもない。朝は交響楽だ。それが存在するために、君が必要かどうかにかかわらず。

枝の新たな芽ぐみは、まだ一歳にもならない。それはマインドフルネスと深い洞察の芽、一瞬ごとの永久運動によっていのちへと開いていく芽だ。もし新しい芽を見つけたら、時間の限界を超えることができる。真のいのちは月日を超えるものだから。

君の両目は荘厳な空、高い山々、深い海だ。君の目はどんな境界も知らない。すべてのおいしい果実と荘厳な花々は、君のものだ。受け取ってほしい。

虹の子どもたち

目が覚めても
夢は続いていた
うっとりとして　私は美術館にいた
そこには子どもの頃の思い出のすべてが陳列されていた

荒野の月が
窓の竹の格子を透かして射しこみ
若者を深い眠りへと誘う
夢はその中でまだ続く
静まった秋の湖にかかる
水の糸

友よ　なぜ歌う鳥に詩を捧げるのか
澄んだ水中の小石に
自由に泳ぎまわる魚に

澄み切った青い惑星の
何と荘厳な朝よ！
今この瞬間
たくさんの星が
天上のドームに溶けこんでいくとき
子どもらが
何千もの子どもらが
様々な皮膚の色をした一人ひとりが
そろって山に登り
下界を見おろす　目を凝らして
私を見ているのだ

けれど私は眠り続ける
目を閉じたまま
私はおだやかに体を伸ばし
日が昇る瞬間を待っている！
竹藪の陰にある
小さな庵に
なぜ詩を捧げるのか
壁に向かって咲く向日葵（ひまわり）に
中庭で丸くなって眠る犬に
積みわらの上の
太陽光にじゃれつく猫に

一日の始まりは
本の新しい一ページには似つかない
それはきらびやかな音と色彩でできた

再生の交響曲
夜明けはいつも
まっさらな二十四時間に捧げられる叙情詩

無題

雲はおだやかに山の頂（いただき）に枕する
そよ風はお茶の花の香りを含んで香る
揺るぎない瞑想の喜び
森からは花の良い香り
ある朝私たちが目覚めると
霧が屋根を包んでいた
爽やかな笑いとともに　別れを告げた
騒ぎ立てる鳥たちの声が
幾千万もの道に私たちを送り返す
そこで海のように広々とした夢を見させるために
いつもの竈（かまど）の炎の揺らめきが

夜の深まりとともにその暗がりを温める
無常なる自我の虚しき人生は
耳に心地よい言葉で邪(よこしま)な心を隠し
偽(いつわ)りに満ちている
私は揺るぎない心をもち
安らぎのうちに別れを告げる
この世の出来事は夢にすぎない
忘れてはならない
月日は若馬のように素早く走り去る
誕生と死の流れが失われても
友情はけっして消えはしない

ほんとうの遺産

宇宙は貴い宝石に満ちている
今朝　両手にあふれるその宝石を
あなたに贈りたい
どの一瞬のあなたのいのちも宝石
その輝きはかぎりなく広がり
そこには大地と空　水と雲が見える

宝石は願う　あなたが穏やかに呼吸することを
奇跡がそこに現れるために
前触れもなく　鳥は鳴き
松の木は歌う

見えてくる
開きはじめた花や
青く澄んだ空
流れる白い雲が
愛する人の微笑みと
まばゆいばかりのその姿も

世界でいちばん豊かな人なのに
いのちを継ぐために物乞いをしてきたあなた
貧しい子でいるのはもうやめよう
戻ってきてほしい
あなたの遺産はここにある
幸せを心ゆくまで楽しみ
すべての人にそれを分けてあげよう
今ここを慈しもう
苦しみの流れを見送り

その両腕に人生をしっかりと抱きしめてほしい

――この詩のもとになったのは、一九九〇年のプラムヴィレッジでのリトリートの時に書いた歌詞である。法華経の貧しい子の逸話と金剛経の布施の教えにもとづいている。

良き報せ

彼らは良き報（しら）せを
紙面に載せない
良き報せは
私たちが出版する
一瞬ごとに出す特別号を
あなたに読んでほしい
良き報せ　それは
あなたが生きていること
菩提樹の木がまだそこにあること
厳しい冬のさなかに揺るぎなく立つその木
良き報せ　それは

青空に染まるあなたのすばらしい両目
良き報せ　それは
目の前にいるわが子を
いつでも両腕で
抱きしめられること
彼らは世の中の問題ばかりを印刷する
私たちの特別号に目を通してほしい
私たちはいつも問題以外のことを提供する
あなたが良き報せの恩恵を受け
それらを護ってくれたらと思う
タンポポは歩道に咲き
すばらしい微笑みをたたえ
永遠（とわ）の歌を歌っている
聴いて！　あなたには聴く耳がある
頭を垂れ
耳を澄ませてほしい

悲しみと思いこみの世界を離れ
自由になるのだ
あなたにはそうすることができる
それが私たちからの新着の良き報せだ

——一九九二年三月。

触地印（そくちいん）

死は　風変わりな鎌を手にやってきて言う
「俺のことが恐いはずだ」と
私は目を上げ答える
「なぜ恐れねばならないのか？」
「私はおまえに死をもたらし
存在無き者とすることができるからだ」
「存在無き者とするとは　どのように？」

死は答えなかった
風変わりな鎌をひと振りしただけで

私は言う
「私は来る　そして去る
さらにまた来る　そしてふたたび去っていく
私はつねに帰ってくる
あなたが私を存在させたり　させなかったりすることはできない」
「どうしてまた来るとわかるのか？」死は言った
「数えきれないほど繰り返してきたからだ」
「おまえの言葉がほんとうだと　どうすればわかる？
だれが証明できるのか？」

私は大地に触れて言った
大地が証人だ　わが母なる大地が

そのとき死は　音楽の調べを聞いた
そのとき死は　十方から鳥の声を聞いた
そのとき死は　木に花が咲くのを見た

死の前に大地が姿を現した
そしてやさしく微笑みかける
死は大地の愛の眼差しの中に溶けた

愛すべき人よ
恐れがあるならいつでも大地に触れよ
しっかりと触れるとき
悲しみは溶け去るだろう
しっかりと触れるとき
あなたは不死に触れるだろう

ゆだねの祈り

菩提樹のもと
美しく座り　安らぎに満ちて微笑む
理解と思いやりの生きる源
ブッダに身をゆだねます

マインドフルな生き方の道
癒しと喜びと目覚めに導く
平和の道
ダルマに身をゆだねます

愛と支えによって実践する仲間

調和と気づきと解放を成しとげる
サンガに身をゆだねます

この三宝がわが心にあることを私は知っています
この三つを成就させることを誓います
私はマインドフルな呼吸と微笑み
深く見つめる実践をします
私は生けるものたちとその苦を理解し
思いやりとやさしさを育てること
喜びと平静さを実践することを誓います

朝　ひとりに喜びを与え
午後には　もうひとりの悲しみをやわらげる働きをします
簡素かつ健やかに生き
わずかな持ちもので満ち足り
体を健康に保ちます

すべての不安と心配を手放し
心軽やかで自由になります

私は　両親　先生　友人　すべての生き物に
多くの恩があることを自覚します
それらすべての信頼に応えられるように
真剣に実践し
理解と慈悲を開花させ
生きとし生けるものたちが苦しみから解放されるよう
働くことを誓います

ブッダ　ダルマ　サンガが　私の努力を支えてくれますように

身をゆだねる

息を吸いながら
私は帰る　わが内なる島へと
その島には
美しい木々がある
そして澄んだ流れがある
鳥たちと
太陽の光と
すがすがしい空気
息を吐きながら
安らぎを感じる
私はわが内なる島に

帰る幸せを味わう

マインドフルに息を吸いながら
私は出会う　内なるブッダと
ブッダはマインドフルネス
その灯火（ともしび）はいつも輝き
私の道を照らす
帰る道
ゆく道
わが心の道
わが人生の道
マインドフルに息を吐きながら
わが道をはっきりと見る
遠く　また近くに

息を吸いながら

私は見いだす　呼吸の中のダルマを
呼吸は私を守り
わが体を守り
わが心を守る
息を吐きながら
呼吸を生かし続ける
いつも変わらぬ守りとして

息を吸いながら
私は気づく　五つの流れ（五蘊）はサンガだと
呼吸は調和をつくる
呼吸は安らぎを生みだす
息を吐きながら
わが存在の不二（ふに）なることの
幸せを味わう

無題

喜びにあふれて涅槃（ねはん）を歩け
足で歩け
頭ではなく
頭で歩けば道に迷う

涅槃で法を説けば
落ち葉は空を埋めつくす
小道には秋の月光が敷かれる
法は満ちることも欠けることもない

涅槃で法を分かち合えば

顔を見合わせ微笑み交わす
あなたは私　そうではないか？
話すことと聴くことは分けられない

俗世で昼食を楽しめば
あらゆる世代の先祖
あらゆる世代の子孫を感じる
ともにわれらは　道を見いだす

俗世で腹をたてれば
両目は閉じて深慮を失う
三百年後のわれらはどこに？
目を開けて抱擁しよう

涅槃で憩えば
雪山を枕に寝そべり

桃色の雲を毛布にして
われら空と大地となる

涅槃で瞑想すれば
あらゆる瞬間は悟りとなり
どの木も菩提樹になり
どの座も多宝如来の獅子吼(ししく)の座になる

歩く瞑想

手に手をとろう
ともに歩こう
ただひたすらに
歩みを楽しもう
行く先を案ずることなく
安らいで歩こう
愉(たの)しく歩こう
これは平和の歩み
これは幸福の歩み

そのうち自然とわかるだろう

平和への歩みはなく
平和こそが歩みだと
幸福への歩みはなく
幸福こそが歩みだと
私たち自身のために歩く
すべての人のために歩く
どんなときでも手に手をとって

歩みつつ　一瞬ごとに平和に触れよう
歩みつつ　一瞬ごとに幸福に触れよう
一歩ごとに　爽やかな風が吹いてくる
一歩ごとに　足もとから花が開きゆく
足で大地にキスしよう
大地に愛と幸せをしるしてゆこう

人の心が安らかならば

地球も安らかなはずだから

一歩一歩

人気(ひとけ)のない門をくぐり
色づいた葉でにぎやかな小道を
私は歩いてゆく
大地は子どもの唇のような紅
まさにそのとき
私は気づく
一歩一歩の
この歩みに

カッコー電話

カッコーが時節を誤ることはない
起伏する丘の連なりに春が来て
丘から丘へとかん高い電話の音が鳴り響く
やわらかな春の雨が意識の土壌に染みてくる
いま微笑む
土の奥に長年眠っていた一粒の種

君はいま着いたばかり
旅行鞄の半分は月の光でいっぱいだ
ほうれん草の葉がバジルの種を呼んでいる
畑ではいまや緑が赤をしのぐ

豪華きわまる植生よ
鐘の音が呼んでいる
私たちの足は大地にキスをする
私たちの目は大空を抱きしめる
そしてともにマインドフルに歩む

ほんの一刹那（せつな）に何万ものいのちが見えてくる
いまだ春のさなか
万物が絶え間なく生まれいずるとき
雪の色は緑
太陽光が雨のように降り注ぐ

――春の講演ツアーのためにプラムヴィレッジを離れるたび、「春のカッコーの声が私の電話」と友人たちに伝えている。プラムヴィレッジでは、電話のベルが鳴るたびに意識的な呼吸の実践をするが、友人たちはカッコーの声を聞くたびに止まって深く呼吸する。

旅行鞄の中に月光を入れずにやってくる友がいるなら、その人は忙しすぎる。そんな友に会ったら聞こう、「鞄の中に月の光はたっぷりあるか？」と。それもマインドフルネスの鐘だ。

春の豪華な植生を目にするたびに、春に存在するものの一部が冬に降る雪になることがわかる。目前にあるのは、緑のコートを羽織った雪なのだ。海水を空に持ち上げ雲の形にするのは、太陽光の働きだ。だから、太陽光は降る雨や雪の中にも認められる。降る雪の中に、太陽の光が降るのが見えるのだ。

大地に触れる

木の根元が空いている
だれもいない静かな場所がある
小ぶりの坐布が置いてある
兄弟よ　座る以外にないだろう?

背筋を伸ばし
ゆるぎなく座りなさい
安らいで座りなさい
考えごとにさらわれぬように
大地に触れることができるよう
そしてひとつになれるよう

座りなさい
兄弟よ　微笑むことはすばらしい
大地はその安定と　安らぎと喜びを
あなたに授けてくれるだろう
マインドフルな呼吸によって
安らぎの微笑みをたたえ
大地に触れる印（いん）を結びなさい

ときにはうまくいかないこともある
大地の上に座りつつ心は宙に浮かぶよう
三界（さんがい）の輪をめぐり
幻の大海に溺れかけることもある
けれど大地はいつも辛抱強く
変わらぬ心でいてくれた
大地は今も待っている
無限の転生の中　待ち続けていたのだから

だからこそ　どれほど長い時間でも
大地が待てぬことはない
いつかあなたは必ず戻る
大地はそれを知っている
大地は温かく受け入れる
いつも新たに生き生きと　はじめと少しも変わらずに
愛はけっして「もうこれきり」とは言わぬから
愛情深い母ゆえに
限りなくあなたを待ち続ける

帰りなさい大地に　わが兄弟よ
あなたはあの木と同じ
あなたの心の葉　枝　花は
新たに生き生きと蘇る
大地に触れる印を結んだそのときに

姉妹よ　まだ見ぬ道が待っている
草とかわいらしい花の香り
田んぼのあいだに伸びてゆく
幼少期の思い出のしるしと
母の手の匂いを残すその道が
急がず安らいで歩きなさい
その足がしっかり大地に触れるように
姉妹よ　考えごとに心奪われぬよう
一瞬ごとにその道に戻りなさい
道はあなたの最愛の友
道はあなたに
ゆるぎない心と安らぎを
与えるだろう

深い呼吸によって
大地に触れる印を保ちなさい

足で大地にキスするように
やさしく撫でるように歩きなさい
あなたが残した足跡は
今をこの場に呼び戻す
皇帝の押印(おういん)だ
そこからいのちが生まれるように
血潮があなたの頬を愛の色で染めるように
いのちの不思議が現れるように
あらゆる苦しみが安らぎと喜びに変わるように
歩きなさい

姉妹よ　うまくいかないこともときにはあった
人気(ひとけ)なき道をゆき　心をさ迷わせたこともある
輪廻のめぐりに捕らわれて
幻の世界に飲まれたから
けれど美しき道は辛抱強く

あなたの帰りを待っていた
深く親しんだその誠実な道は
あなたがいつか帰ることをたしかに知っていた
あなたが戻れば喜ぶだろう
初めてのときと変わらずに
美しく初々しく迎えるだろう
愛はけっして「もうこれきり」とは言わぬから

姉妹よ　その道はあなた自身
だから待つことにけっして疲れない
赤茶けた埃(ほこり)に覆(おお)われようと
落ち葉や凍てつく雪が積もろうと——
姉妹よ　その道に帰りなさい
私は知っている
あなたがあの木であり
葉であり　道であり　枝であることを

そしてあなたが大地に触れる印を結ぶとき
あなたの心の花が初々しく
美しく咲くということを

呼吸

息を吸いながら
私自身を花と観る
私は爽やかな
一滴の露
息を吐きながら
私の両目は花になる
見てほしい
私は愛の眼（まなこ）で
いま見つめている

息を吸いながら

私は山
ゆるぎなく
動かず
生き生きと
力強い
息を吐きながら
ゆるぎなさを感じる
私はけっして感情の波に
心をさらわれることはない

息を吸いながら
私は静かな水
誠実に
空を映す
ほら　私のハートに
満月が映っている

爽やかな菩薩の月がある
息を吐きながら
鏡の心の曇りなき反映を
私は捧げる

息を吸いながら
私は限りを知らぬ
空間になる
未来にすることはなく
荷物ひとつもたない
息を吐きながら
私は月
雲ひとつない空を渡ってゆく
私は自由

道を広く開けなさい

高貴な木肌の色した髪を
いま香として捧げる
美は永遠のものとなる
無常の目覚めの比類なきこと！

すべては夢のようなものだから
真の心のみを導きとする決意をする
満ち潮の声を耳にした者は
無条件の方へと歩みを進める
今朝霊鷲山（りょうじゅせん）の斜面で凰は謳（うた）う

心はもはや何ものにも縛られない
聞こえる歌はすばらしき教えの歌
その芳香は真理の精髄

古き時代
女たちはサイカチの水で髪を洗い
夕暮れ時の香(かぐわ)しき風で乾かした
今朝　彼女は菩提(ぼだい)の甘露を身に受けた
まったき悟りの心が現れるために

二十五年間
みずからの手で彼女は
毎日欠かさず慈しみを捧げた
たゆまず心に思いやりを育んだ

今朝　彼女は髪を落とし

道は大きく開かれた
苦しみと幻に限りはないが
すべてがいま尽きた

心は十方に広がることができる

――シスター・チャンコンが霊鷲山で剃髪し、尼僧となった日に書いた詩。

訳者あとがき

本書は、Thich Nhat Hanh, Call me by my true names: the collected poems of Thich Nhat Hanh, Parallax Press（一九九三年初版、二〇〇〇年再版）の全訳である。

仏教僧、瞑想指導者、著作家、平和活動家など多面的な活動で知られる著者ティク・ナット・ハン（愛称タイ）が、それらすべてを束ねる顔として、真正の詩人であることはだれもが認める事実である。彼の文章は、英語で書かれた散文であっても、その簡潔さと流麗さで読む者の心をマインドフルネス（今の瞬間を深く体験する心）に誘う。

私はこれまで十冊近くタイの著書を翻訳してきたが、どれも等しく簡潔で美しい言葉（英語）で書かれている。近年の著作は、それ以前の著書や法話をもとに編まれたものが多いが、実際タイの法話を聴くと、そのままで本になるほど整ったていねいな言葉で話されており、それが著書に反映されている。まさに言葉のマインドフルネスのあらわれだろう。

多くの場で詩人として紹介されるタイだが、不思議にもその唯一の詩集が邦訳されたことはなかった。それでも私は、英語版が発刊された九〇年代から、彼の真骨頂である本書をいつかは翻訳して出版したいと願っていた。

しかし当時は、九五年のティク・ナット・ハン日本ツアーの実現にもかかわらず、（同年のオウム事件の余波もあり）瞑想としてのマインドフルネスが定着するには尚早であった。

タイの実践と哲学の中核である詩を紹介する時期も来ていなかったのかもしれない。

何ごとにも生まれるには機が熟する必要がある。日本でここ数年急速にマインドフルネスが紹介されるようになり、その源流である仏教の教えと実践に興味を持つ人たちが増えてきている。タイは、亡命先の西洋経由で、仏教を超えて世界にマインドフルネスを広めるきっかけを作った第一人者である。その経緯を知るほどに、深く仏教者であるからこそ、仏教の枠を越えてマインドフルネスの実践を伝えることができたのだと思う。

タイ自身、グーグルなどの多国籍企業、ワールドバンクをはじめとする国際機関、各国の議会や国連、大学などの教育機関や仏教以外の宗教組織、刑務所から医療や福祉の施設まで、あらゆる領域の場所に出向いて、微笑みと気づきによるマインドフルネスの実践を伝えてきた。それが今日見られるような世界各地へのマインドフルネスの浸透に大きく貢献したことはたしかだ。

そうしたティク・ナット・ハンという人物の全体像を知ることは、同時にマインドフルネスの現代史を知ることと同義と言っても過言ではない。「宗教色を抜いた」という触れ込みで、医療や教育やビジネスなど、さまざまな分野でマインドフルネスが応用可能になった事実は否定できないが、それによって、どうしても肝心な仏教の精神性が薄められてしまう。どちらのアプローチを採用すべきかという問題ではない。基盤を知って初めて応用にもいのちが吹き込まれるはずだ。

今までタイの人物像や哲学、活動の全体像をとらえた本は、雑誌で一部紹介された以外、少なくとも日本では出版されていない。本書はそうした評伝ではないが、詩を通してタイの「内側から」彼の全体像を知ることができる。ここには、今まで「表向き」の文章からはうかがい知ることのできなかった、生々しい感情や内面の描写がある。知らなければ仏教僧が書いたものとは思えない、ロマンティックな感情や憂愁、悲しみ、絶望感、虚無感などの表出もある。読者は一読して、彼の内面世界の広さに驚嘆するに違いない。

しかしもちろんそれだけではない。とりわけ後半では、大乗仏教の深遠な世界が、あるときは宇宙的な膨大さ、あるときには微塵の微細な世界の中に繰り広げられている。それは永遠への旅にも比される、わくわくする時空を超越した冒険である。そこで私たちは、タイという個人を超えた「三千世界」に召喚されているのだ。

本書は、「迹門」と「本門」の二部構成になっている。明らかに法華経の構成に範をとったものだ。二八章（品）からなる法華経は、前半の序品第一から安楽行品十四までを迹門、後半の湧出品十五から勧発品二十八までを本門としている。前半では釈尊が十九歳で出家してから三〇歳で成道するまで（始成正覚）の仏を描き、後半では五百塵点劫のはるか昔に成仏していたという時空を超えた（久遠実成）仏を描いている。

本書のそれぞれの部の扉では、迹門を「俗世の章（歴史的次元）」、本門を「涅槃の章（究極の次元）」としている。法華経の迹門では、「方便（この世の仮の現象）」として時間軸に沿った釈尊の成道を記しているが、本門では、歴史的事実や個人としての釈尊を超えて、永遠の悟りに浸る「仏」としての働きを推いている。「成仏」というのは、そのように本来の仏性を実現することをさす。

仏性が成った世界では、何がどのように起きているのだろう？　法華経の白眉である「如来寿量品第十六」では、その世界があまりにも鮮やかに、壮大に展開されている。私が「自我偈」とも称される寿量品を毎朝唱え諳んじるようになったのは、三十年近く前にイギリスで冬ごもりをしていた時期のことだった。どんよりと重い雲が垂れ込めるミルトンキーンズ市郊外の空に吸い込まれていく、虹色に炸裂するような出だしのフレーズが忘れられない。

本書で前半に描かれているのは、おもにタイのベトナム戦争時代の体験である。炸裂するナパーム弾、累々と積まれる死骸、血と涙に引き裂かれた大地、失われた故郷と多くの記憶、時代の無慈悲な腕によって追いやられる民などの描写が生々しく、翻訳をする上でも非常に感情を揺さぶられ辛かった。

しかしそれらの合間に、静謐な僧院の中から発せられる平和への祈り、幼少のころの美しい思い出、安らぎの朝の描写が混じる。俗世での人間の残酷さに対比するように、慈悲の祈りの深さと気高い働きがある。タイの言葉は、あるときには鋭い彫刻刀でえぐるように、またあるときにはやさしい絹の薄衣でくるむようにすべてを等しく記していく。あらゆる存在への平等な眼差しは、まさしくインタービーイング（相互存在・無我）の精神から発している。

後半は解き放たれたかのように、あるものは俳句のごとく象徴的で簡潔に、あるものはあふれるばかりの情緒を、情熱を、解放を、想像と創造を、信仰と悟りを、深い洞察を、物語を、きら星のように散りばめる。タイの言葉の真骨頂ともいえる詩の資質の惜しみない表出だ。彼がもし仏教僧でなかったとしても、詩人としてすぐれた表現力を備えていることには疑いがない。そして後半でも、すべての詩をインタービーイングが縦糸のように貫いている。しばしば波と水のたとえによって説かれる通り、(方便である)目に見える現象界と不可分に存在する「この世の涅槃」だ。描写される涅槃の世界は、じつはこの現実の真っただ中にある。

本書に含まれる長詩のいくつかは、著者の他の著作にもよく引用されているのでご存知の方も多いだろう。タイトルである「私を本当の名前で呼んでください」は、中でももっともよく知られた作品だ。タイを紹介する雑誌などでの引用回数も多く、どこかで目にされた方もいるかもしれない。これには、曲がつけられ、シンガー・ソングライターのベッツィー・ローズが歌っている。

彼女が曲をつけた多くの詩の中でも、『ぬくもりのために　For Warmth』(三八頁)は、今でもさまざまな場面で彼女自身や仲間によって広く歌い継がれている珠玉の愛唱歌である。

他にも、「あなたへの提案」「古の托鉢僧」「ヒューズを抜いてくれ」「川の物語」「カッコー電話」「大地に触れる」などをはじめに知られた作品は多い。また、「生まれたての二十四時間」など、いくつかのバージョンを持った詩もある。それでもほとんどが本邦初公開だ。

タイと弟子たちが創設した南フランスの僧院・瞑想センターのプラムヴィレッジは、いつも歌にあふれている。それらを編んだ歌集に"Basket of Plums Songbook: Music in the Tradition of Thich Nhat Hanh"（Parallax Press 未邦訳）があるが、その中の少なからぬ歌が、タイが作った偈頌や詩に曲をつけたり、詩から抜粋したフレーズをもとに作られている。歌にすれば、長い詩を暗唱することもそれほど苦にはならない。そうして、タイが書きつけた言葉は本の中だけではなく、音に乗せて、世界中に広がる各僧院やサンガの中で（現在はCDやインターネットでも）歌われている。

タイはこれまで数回日本を訪れたことがあるが、「生まれたての二十四時間」が一九七〇年に東京で書かれたことは脚注で初めて知った。日本は一九六四年の東京オリンピック前後にスタートした高度経済成長の真っただ中で、大阪万博に沸き立ち、多くの国民が物質的な繁栄を享受しはじめていた。生活は年々豊かになり、未来社会は鉄腕アトムのアニメが描く夢のような想像に彩られていた。そのころ私は純朴な田舎の一中学生で、ビートルズのラストアルバム「レット・イット・ビー」に夢中、買ってもらったギターでコードをなぞることにいそしんでいた。

同じころ東京では、タイが金色に輝く幾万もの向日葵（ひまわり）の花に微笑みを見ていた。輝くばかりの青空を仰いでいたのだ。どんな時代にも薄れない透徹した気高い精神がある。いつも変わらぬ大切なものは何か？
不思議なめぐりあわせで、あれから数十年を経た私たちは、再びオリンピックと万博を迎えようとしている。この迹門から見える私たちの本門とは、いったい何か？　今も変わらぬ向日葵の微笑みの中に、私たちは何を見るのだろう？

訳文の言葉使いについては、それぞれの詩の性質に照らして、ある場合にはやさしく、ある場合には簡潔に、または厳格に、激しい調子でなど訳し分け、必ずしも文体は統一されていない。主語についても「私、ぼく、あなた、君、おまえ」などと訳者の判断で選択したが、そういった多様性を含めて楽しんでいただければ幸いである。
本来詩の翻訳は不可能に近い。とりわけ言語的に距離のある英詩の翻訳に手を付けるのは、伝わり方が訳者の力量次第で決まってしまうがゆえに、じつに恐ろしいことだ。本書に取り組むうちに、いったい私にこれが完遂できるのだろうか、と何度も自問した。しかしタイの言葉は語りかける――すべては、この仕事もまたインタービーイングなのだと。私が私という重荷を降ろしたとき、そこから改めて翻訳が始まった。こうしてあとがきを書きながら、改めてこの詩集が多くの思いと手によって翻訳されたことを顧みている。

すでに三年ほど前になろうか、長年思いを温めてきた本詩集の話をしたところ、野草社の石垣雅設社長が「うちでやりましょう」と言ってくださった。そのときの浮き立つような気持ちを今も忘れない。それからだいぶ時を経て、これまで五冊のティク・ナット・ハンの著書でお世話になった新泉社の竹内将彦氏との共同作業が始まった。今回翻訳のチェックについては、プラムヴィレッジの日本人尼僧シスター・チャイとUBC（プラムヴィレッジの母体である統一仏教教会）が全面的に訳者に委任してくださった。日本在住のベトナム人のプラムヴィレッジ瞑想グループ「さくらロータスサンガ」の皆さん、とりわけナムさんとフォンさんには、頻出するベトナム語のカタカナへの置き換えを助けていただいた。そのほかにも、多くの人たちの心身両面の支えによって、困難な作業が形になった。すべての方たちに深く感謝する。

翻訳という仕事は、そのほとんどを自宅で行わざるを得ない。家族である八歳になった息子の幸弥と、妻のさなえの変わらぬ見守りと支えにも重ねて感謝する。

本書を手にするあなたが、ティク・ナット・ハンの詩を通して、豊かな慈悲と洞察の心を育まれますように。

満月に照らされた谷を望む大寒のゆとり家にて　島田啓介

著者略歴

ティク・ナット・ハン◎Thich Nhat Hanh

一九二六年、ベトナム・フエ生まれ。禅僧、平和・人権運動家、学者、詩人。

七〇〇名を超える僧・尼僧による国際的な仏教徒コミュニティ（プラムヴィレッジ）のリーダーとして、多数の在家の瞑想実践者も含めて、日々のマインドフルネス瞑想、平和の創造、共同体形成、社会奉仕活動を実践している。

一九六四年、サイゴンにヴァン・ハン（万行）仏教大学を設立。一九六五年、仏教の非暴力と慈悲の行動にもとづく社会奉仕青年団（ＳＹＳＳ）を立ちあげる。一九六六年、ティプ・ヒエン（相互存在）教団を設立、行動する仏教の名のもとにベトナム戦争の中で平和活動を行うが、そのために七〇年代初頭よりフランスでの亡命生活を余儀なくされる。一九六七年にはマーチン・ルーサー・キング牧師によって、ノーベル平和賞候補に推された。

一九八二年、南フランスのボルドーにプラムヴィレッジ僧院・瞑想センターを設立。現在二〇〇名を超える僧・尼僧が居住し、毎年世界各地から多数の訪問者を受け入れている。

彼が今までに瞑想を指導してきた対象者は、教師、家族、ビジネスマン、政治家、科学者、心理療法家、警察官などあらゆる領域の人にわたり、イスラエル人とパレスチナ人の和解のリトリートまで含まれる。

また、若者による世界的なムーブメント「ウェイクアップ」、世界規模の「実践倫理（Applied Ethics）」プログラム、アメリカの連邦議会やグーグル本社でのリトリート、ユネスコ本部、インド国会、イギリス議会などでの講演も行っている。

これらの多くのリトリートおよび法話の実況が、ＣＤやＤＶＤなどの媒体をはじめ、インターネットで広く配信されている。

プラムヴィレッジのホームページ　http://www.plumvillage.org/
日本語による問い合わせ先　japan@plumvillage.org
日本国内の瞑想会やイベントについてのホームページ
「ティク・ナット・ハン　マインドフルネスの教え」　http://www.tnhjapan.org

訳者略歴

島田啓介◎しまだ・けいすけ

一九五八年生まれ。翻訳家。精神科ソーシャルワーカー（ＰＳＷ）・カウンセラー。ワークショップハウス「ゆとり家」主宰。農業をベースにした自給的生活と、からだとこころの癒しの提供に取り組む。マインドフルネスの講座・講演を、大学、企業、医療・福祉分野、一般向けに広く実施している。ティク・ナット・ハンのメソッドによる瞑想会も開催。一九九五年のティク・ナット・ハン来日時のオーガナイズに関わる。翻訳書に『ブッダの〈呼吸〉の瞑想』『リトリート　ブッダの瞑想の実践』『大地に触れる瞑想』（野草社）『ブッダの〈気づき〉の瞑想』（共訳・野草社）、『怖れ』『パートナーシップのマインドフルネス』（サンガ）『ブッダの幸せの瞑想』（共訳・サンガ）ほか。

「ゆとり家」http://www.yutoriya.net

写真提供――P2／Kelvin Cheuk
P12, 214／Plum Village Community of Engaged Buddhism, Inc.
カバー挿画――谷山彩子
ブックデザイン――堀渕伸治◎tee graphics

ティク・ナット・ハン詩集

私を本当の名前で呼んでください

二〇一九年三月十五日　第一版第一刷発行

著　者　ティク・ナット・ハン

訳　者　島田啓介

発行者　石垣雅設

発行所　野草社
東京都文京区本郷二―五―一二
電話　〇三―三八一五―一七〇一
ファックス　〇三―三八一五―一四二二
静岡県袋井市可睡の杜四―一
電話　〇五三八―四八―七三五一
ファックス　〇五三八―四八―七三五三

発売元　新泉社
東京都文京区本郷二―五―一二
電話　〇三―三八一五―一六六二
ファックス　〇三―三八一五―一四二二

印刷・製本　萩原印刷株式会社

ISBN978-4-7877-1981-2 C0014

野草社の本

…

ティク・ナット・ハンの本

ブッダの〈気づき〉の瞑想
山端法玄・島田啓介訳／一八〇〇円＋税

ブッダの〈呼吸〉の瞑想
島田啓介訳／一八〇〇円＋税

ブッダの〈今を生きる〉瞑想
島田啓介訳／一五〇〇円＋税

リトリート　ブッダの瞑想の実践
島田啓介訳／二五〇〇円＋税

大地に触れる瞑想
島田啓介訳／一八〇〇円＋税

ティク・ナット・ハンの般若心経
馬籠久美子訳／二〇〇〇円＋税